KB129193

암실문고

Água Viva

By Clarice Lispector

Água Viva

Clarice Lispector

암실문고
아구아 비바

발행일
2023년 6월 20일 초판 1쇄
2023년 10월 15일 초판 2쇄

지은이 | 클라리시 리스펙토르
옮긴이 | 민승남
펴낸이 | 정무영, 정상준
펴낸곳 | (주)을유문화사

창립일 | 1945년 12월 1일
주소 | 서울시 마포구 서교동 469-48
전화 | 02-733-8153
팩스 | 02-732-9154
홈페이지 | www.eulyoo.co.kr

ISBN 978-89-324-6138-0 04870
ISBN 978-89-324-6130-4 (세트)

아구아 비바

클라리시 리스펙토르
민승남 옮김

옮긴이. 민승남

서울대학교 영문학과를 졸업하고 현재 전문 번역가로 활동 중이다. 제15회 유영번역상을 수상했다. 옮긴 책으로 아룬다티 로이의 『지복의 성자』, 유진 오닐의 『밤으로의 긴 여로』, 앤 카슨의 『빨강의 자서전』, 『남편의 아름다움』, 이언 매큐언의 『스위트 투스』, 『넛셸』, 메리 올리버의 『천 개의 아침』, 『완벽한 날들』 등이 있다.

일러두기

1. 본 작품의 번역 판본은 Stefan Tobler가 영역한 『Água viva』(New Directions Books, 2012)이며, 브라질-포르투갈어 원서(Rocco, 2009)를 참고했다.
2. 모든 주석은 한국어판 번역자와 편집자가 작성한 것이다.

편집자 주

Água Viva는 단어 그대로를 직역하면 '살아 있는 물'로 번역되고, 일반적으로는 해파리를 의미한다. 이 두 가지 의미에는 공통점이 있다. 뼈대가 없다는 것이다. '살아 있는 물'은 뼈대 즉 특정한 형태를 강제하는 구조가 존재하지 않는 자유로운 세계이며, 그 살아 있는 물에 몸을 맡기고 흘러가는 해파리는 그 세계와 가장 닮은 개체다. '아구아 비바'라는 제목은 이 둘을 동시에 지칭 혹은 포괄한다.

형태로부터 자유로운 것, 심지어 세계인 동시에 개체인 것을 그리기. 즉 모든 구조와 경계를 넘어선 그 무엇을 기록하려는 (불가능한) 시도. 이는 이 작품뿐만 아니라 리스펙토르가 늘 추구하던 목표를 집약한 표현이다. 그래서인지 뉴디렉션스판 영역본은 '삶의 흐름 Stream of Life'이라 번역되었던 이전 영역본(University of Minnesota Press, 1989)의 제목 대신에 원어 제목을 그대로 옮겼다. 본 번역본 역시 위와 같은 이유로 원어 제목을 그대로 옮겼음을 밝힌다.

형상 — 혹은 물체 — 에 대한 의존에서 완전히 벗어난 방식으로 그려진 그림이 존재할 것이며, 그것은 음악처럼 아무것도 묘사하지 않고, 어떤 이야기도 하지 않고, 어떤 신화도 일으키지 않을 것이다. 이런 그림은 표현할 수 없는 정신의 왕국들을 그저 불러내기만 할 것이다. 거기서 꿈은 생각이 되고, 거기서 선線은 존재가 된다.

- 미셸 쇠포르 -

거기엔 몹시도 심원한 행복이 있다. 할렐루야가 있다. 할렐루야, 할렐루야. 나는 이별의 고통이 담긴 처절한 인간의 울부짖음과 합쳐진 악마의 환호를, 할렐루야를 외친다. 이제 아무도 나를 막을 수 없으니까. 나는 아직 이성을 잃지 않았지만—이성의 광기라고 할 수 있는 수학을 배웠으므로—그러나 지금 나는 혈장을 원하고—태반의 혈장을 그대로 먹고 싶다. 나는 조금 두렵다: 다음 순간은 미지의 것이기에 나를 완전히 맡기기가 두렵다. 다음 순간을, 그걸 만드는 건 나일까? 아니면 그것 자신일까? 우리는 우리의 숨결을 통해 함께 그것을 만든다. 투우장에 선 투우사의 솜씨로.

이 말을 해야겠다: 나는 이 '지금-순간'의 사차원을 포착하려 하지만, 찰나에 불과한 이 순간은 이미 지나가 버렸는데, 왜냐하면 그것은 이미 새로운 지금-순간이 되었으며, 그것 또한 이미 지나가 버렸기 때문이다. 모든 것이 하나의 순간 속에 있다. 나는 이 '있음'을 붙잡고 싶다. 그 순간들은 내가 호흡하는 공기 속을 지나다닌다: 그것들은 폭죽이 되어 공중에서 아무런 소리 없이 폭발한다. 나는 시간의 원자들을 갖고 싶다. 그리고 현재를 붙잡는 일은 그 순간의 본질적인 특성상 금지돼 있다. 현재는 스르르 사라져 버리며, 모든 순간이 그

와 같다. 이 순간 나는 영원한 지금 속에 있다. 오직 사랑의 행위—그 맑은 별과 같은 느낌의 추상화—만이 그 미지의 순간을, 허공 속에서 진동하는 수정처럼 단단한 그 순간을 붙잡으니, 삶은 이 말할 수 없는 순간이다, 사건 그 자체보다 큰 순간: 사랑하는 동안에는 그 순간의 보석이, 보편하는 보석이 허공에서 빛난다. 몸의 기이한 영광, 순간들의 떨림 속에서 느낌으로 승화하는 물질—그리고 그 느낌은 형태가 없는 동시에 너무도 객관적이어서 마치 당신의 몸 바깥에서 생겨나는 듯하다. 황홀경 속에서 반짝이는 것, 기쁨, 기쁨은 시간의 성분이고 순간의 본질이다. 그리고 순간 속에 순간의 있음이 있다. 나의 있음을 붙잡고 싶다. 나는 새처럼 허공에 대고 할렐루야를 노래한다. 그리고 내 노래는 누구에게도 속하지 않는다. 하지만 고통스러운 열정이 없이는 할렐루야가 사랑의 뒤를 따르지 않는다.

내 주제는 '순간'일까? 내 인생의 주제. 그것을 알아내기 위해 애쓰는 나는 무수한 시간을 흘러가는 순간들의 수만큼 나눈다. 나 자신처럼, 혹은 너무도 부서지기 쉬운 찰나들처럼 조각내는 것이다—나는 오직 시간과 함께 태어나고 시간과 더불어 성장하는 삶만을 다짐한다: 나는 오직 시간 그 자체 속에서만 충분한 공간을 가질 수 있다.

나는 내 모든 걸 바쳐 당신에게 글을 쓰고 있으며, 나는 존재의 맛을 느끼고, '당신의 맛'은 순간처럼 추상적이다. 나는 그림을 그릴 때도 온몸을 바쳐 형태가 없는 것을 캔버스에 옮긴다. 나는 온몸으로 자신과 씨름한다. 당신은 음악을 이해하지 못한다: 그저 들을 뿐. 그러니 당신의 온몸으로 나를 들어라. 너무 거칠고 무질서한 내 글을 본 당신은 내게 왜 계속해서 그림을 그리고 전시를 하지 않느냐고 물을 것이다. 그 이유는, 지금 내가 말이 필요하다고 느끼기 때문이다—지금 내가 쓰는 것은 나에게 있어 새로운 것이다. 왜냐하면 나는 이제껏 진실한 말에 가닿은 적이 없었기 때문이다. 그 말은 나의 사차원이다.

오늘 나는 위에서 언급한 캔버스 그림을 완성했다: 가느다란 검은 곡선들이 교차하는 그림. 이유를 캐묻는 버릇이 있는 당신은—나는 이유 따위엔 관심이 없다, 그건 이미 과거의 문제일 뿐이니까—왜 가느다란 검은 선들을 썼냐고 내게 물을 것이다. 그건 비밀 때문이다. 지금 내가 당신을 향해 글을 쓰게 만드는 것과 같은 비밀. 나는 둥글고 돌돌 말리고 따뜻한 것, 그러나 가끔은 새로운 순간들처럼, 늘 떨리는 시냇물처럼 차가운 것을 쓰고 있다. 내가 이 캔버스에 그려 놓은 것을 말로 옮길 수 있을까? 소리 없는 말이 음악의 소리에서 암시를 얻을 때처럼.

내가 어떻게 음악을 듣는지, 거기에 대해서는 당신에게 아직 말해 주지 않았다—전축에 가만히 손을 올려놓으면 손이 진동하면서 온몸으로 파동을 보낸다: 그렇게 나는 진동이 품은 전기電氣를, 현실이라는 영역의 가장 낮은 곳에 있는 토대를, 내 손 안에서 떨리는 세상을 듣는다.

그렇게, 나는 내가 무엇을 원하고 있는지를 알아차린다. 그것은 그레고리안 성가의 반복되는 말들 속에서 진동하고 있는 토대다. 나는 내가 아는 걸 다 말할 수 없음을 알고 있으며, 오직 그림을 그리거나 발음할 때만 음절들 속에 숨겨진 의미를 알아차릴 수 있다는 것도 알고 있다. 만약 여기서 내가 말들을 사용해야만 한다면, 그 말들이 지닌 의미는 그저 그 형태로 인한 것이어야 한다. 나는 마지막 진동과 씨름하고 있다. 당신에게 나의 토대에 대해 말하기 위해, 나는 '지금-순간'들로만 이루어진 말들의 문장을 만든다. 그러니, 읽으라,

내가 지어낸 이야기는 졸졸 흐르는 음절 이상의 의미를 갖지 않은 순수한 진동이다. 이걸 읽으라: "여러 세기가 지나면서 나는 이집트의 비밀을 잃어버렸으니, 그때 나는 말과 그 그림자에 홀린 채, 전자들과 양자들과 중성자들의 힘찬 움직임과 함께, 경도와 위도와 고도 속을 움직여 다녔다." 내가 여기서 당신에게 쓰는 것은 하나의 회로도다. 과거도 미래도 없는 것: 그저 지금인 것.

내가 당신에게 글을 써야만 하는 또 다른 이유는, 당신이 내 그림에서 명확성 대신에 두서없는 말들을 수확해 가기 때문이다. 지금 쓰고 있는 구절들이 조잡하다는 건 나도 안다. 나는 너무도 큰 애정을 갖고 글을 쓰는 중이고, 그 애정이 글의 결함들을 상쇄할 수 있을 것이다. 하지만 지나친 애정은 작품에 좋지 않다. 이것은 책이 아니다. 왜냐하면 남들이 쓰는 방식으로 쓰이고 있지 않기 때문이다. 내가 쓰는 건 어떤 단일한 클라이맥스일까? 내 삶은 단일한 클라이맥스다: 나는 아슬아슬하게 살아가고 있다.

나는 글을 쓸 때는 색깔을 섞어 그림을 그릴 때처럼 무언가를 만들어 낼 수 없다. 하지만 나는 온몸으로 당신에게 글을 쓴다. 말의 여린 신경에 가 박힐 화살을 쏜다. 나의 은밀한 몸이 당신에게 말한다: 공룡, 어룡, 사경룡. 그저 소리라는 의미밖에 지니지 않은 이 말들은 지푸라기처럼 마르지 않고 축축해진다. 나는 관념들을 그리지 않고 도달할 수 없는 '영원'을 그린다. 아니면, '무', 영원이나 무나 결국 마찬가지다. 무엇보다도, 나는 그림 그리기를 그린다. 그리고 무엇보다도, 당신에게 단단한 글쓰기를 쓴다. 나는 말을 손에 쥐고 싶다. 말은 하나의 물체일까? 나는 순간들로부터 주어진 열매의 즙을 짜낸다. 삶의 핵심에, 삶의 씨앗에 다다르려면 나 자신을 소거해야만 한다. 순간은 살아 있는 씨앗이다.

부조화의 은밀한 조화: 나는 이미 만들어진 것이 아닌, 길고 복잡한 과정을 거치며 지금까지도 만들어지고 있는 걸 원한다. 균형을 잃은 내 말들은 내 침묵이 만들어낸 귀중한 산물이다. 나는 공중에서 곡예도 하고 피루엣도 하면서 글을 쓴다—마음 깊은 곳에서 말하고 싶은 욕구를 느끼기에 글을 쓴다. 글쓰기는 오직 침묵을 더 잘 수행하도록 만들어 줄 뿐이긴 하지만.

내가 '나'라고 말하는 건 감히 '당신'이나 '우리' 혹은 '누군가'라고 말할 수 없기 때문이다. 겸허해지라고 강요당한 나는 나 자신을 개인으로, 하찮은 존재로 만들고, 하지만 나는 (당신)이다.

그래, 나는 최후의 말을 원하고, 그 말은 너무도 근본적인 것이어서 현실 속의 도달할 수 없는 부분과 뒤엉켜 있다. 나는 논리에서 이탈해 버릴까 봐 여전히 두려워하고 있다. 왜냐하면 나는 내 본능과 솔직함에, 그리고 미래에 빠져 있기 때문이다: 미래를 맞이하는 유일한 방법은 오늘을 창조하는 것이다. 그러면 그것은 미래가 되고, 모든 시간은 당신에게 주어진 시간이 된다. 그러니 논리에서 벗어난다 한들 무슨 손해가 있을까? 나는 날것의 원료들을 다룬다. 생각 너머에 숨어 있는 것을 찾는다. 나를 속박하려 해 봐야 소용없는 짓이다: 나는 빠져나갈 것이며 내게 꼬리표가 붙는 걸 허용하지 않을 것이다. 나는 아주 새롭고 참된 단계로 진입하면서 그 단계 자체에 호기심을 느낀다. 그건 그림이나 글로는 표현할 수 없을 만큼 매력적이고 직접적이다. 마치 당신과 함께했던 순간들처럼. 내가 당신을 사랑했을 때, 나는 그 순간들 속으로 깊이 내려앉았고, 그래서 그것들을 지나쳐 갈 수 없었다. 그것은 주위를 둘러싼 에너지에 닿은 상태이며 나는 몸서리친다. 어딘가 미친, 미쳐 버린 조화. 나도 안다, 내 시선은 세상에 완전히 항복한 원시인의 시선과 같을 것이다. 선이 굵은 선과 악만을 허용하고, 머리카락처럼 악에 뒤엉켜 있는 선에 대해서는, 선이기도 한 악에 대해서는 알고 싶어하지 않는 신들처럼 원시적인 시선.

나는 갑작스러운 순간들을 눌러 고정시킨다. 스스로의 죽음을 품고 있는 순간들, 탄생을 품고 있는 다른 순간들—나는 변태變態하는 순간들을 고정시킨다. 그것들이 죽는 동시에 탄생하며 이어지는 모습 속에는 끔찍한 아름다움이 담겨 있다.

이제 날이 밝아 온다. 해변 모래밭에 드리운 새벽의 하얀 안개. 그때, 모든 게 내 것이 된다. 음식에는 거의 손대지 않는다. 이날이 깨어나기 전에 먼저 깨고 싶지 않다. 나는 이날과 함께 자란다. 이 하루는 자라면서 내 안의 막연한 희망을 죽이고 맹렬한 태양을 똑바로 보게 만든다. 돌풍이 불어와 내 원고를 흩어 놓는다. 나는 울부짖는 바람 소리를 듣는다. 나는 비스듬히 날아가는 새가 내는 소리를, 죽음 직전의 가르랑거림을 듣는다. 여기서 나는 나 자신을 밀어붙인다. 간소한 언어 특유의 엄격함을 지닐 수 있도록, 유머에서 벗어난 흰 해골처럼 적나라해질 수 있도록. 하지만 해골은 삶에서 벗어난 것이며, 나는 살아가면서 늘 몸서리친다. 나는 적나라함의 경지에 도달하지 못할 것이다. 게다가 그걸 원하지도 않는 듯하다.

이건 삶에 의해 보이는 삶이다. 나는 의미를 지니지 못할 수도 있지만 그건 맥동하는 혈관이 의미를 지니지 못하는 것과 같다.

나는 배우는 사람처럼 당신에게 글을 쓰고 싶다. 나는 매 순간을 사진에 담는다. 음영을 넣은 그림을 그리듯 단어들에 깊이를 준다. 나는 왜냐고 묻고 싶지 않다. 당신은 언제든 왜냐고 물을 수 있지만 늘 답을 듣지 못할 것이다—대답 없는 질문에 따르는 기대감에 찬 침묵, 내가 거기에 굴복할 수도 있을까? 비록 그 어느 장소 혹은 시간 속에 나를 위한 해답이 존재하고 있음을 느끼고 있기는 하지만.

그 이상하면서도 내밀한 해답을 듣고 나면, 비로소 나는 그림을 그리고 글을 쓰는 법을 알게 될 것이다. 나에게 귀 기울이라. 침묵에 귀 기울이라. 내가 당신에게 말하는 건 내가 당신에게 말하는 것이 아닌 다른 것이다.

그것은 나에게서 벗어나려는 것들을 붙잡아 주고, 그렇게 나는 살아갈 수 있게 되고 빛나는 어둠 위에 서게 된다. 하나의 순간이 나를 무심하게 다음 순간으로 이끌고, 주제 없는 주제가 아무런 계획 없이, 그러나 만화경 속의 연속적인 형상들처럼 기하학적으로 펼쳐진다.

나는 천천히 나 자신에게 준 그 선물 속으로 들어간다. 첫 노래처럼 들리는 마지막 노래에 의해 개봉된 찬란함. 나는 한때 그림을 향해 들어갔던 식으로 천천히 글쓰기 속으로 들어간다. 넝쿨들, 음절들, 인동덩굴, 색깔들과 말들이 뒤엉킨 세계—그곳은 문턱이다. 세상의 자궁인 선조들의 동굴로 들어가는 문턱. 나는 그곳에서 태어날 것이다.

만일 내가 동굴들을 자주 그린다면, 그건 동굴들이 땅을 향한 뛰어듦이기 때문이다. 환한 후광에 둘러싸인 어두운 땅을 향한 뛰어듦, 그리고 나, 자연의 피—무절제하고 위험한 동굴들, 지구의 부적, 종유석들과 화석들과 암석들이 합쳐지는 곳, 악한 본성으로 인해 발광한 동물들이 도피처로 삼는 곳. 동굴들은 나의 지옥이다. 늘 안개 낀 동굴 꿈을 꾸게 만드는 건 내 기억일까, 아니면 갈망일까? 으스스하고 으스스한, 신비로운,

시간의 점액 때문에 녹색을 띠는 곳. 캄캄한 동굴 안에서 십자가 모양의 박쥐 날개를 달고 매달려 있는 쥐들이 희미하게 빛난다. 나는 솜털로 뒤덮인 검은 거미들도 본다. 쥐들이 겁에 질려 바닥으로, 벽 위로 달아난다. 바위틈에는 전갈이 있다. 선사시대 이래로 죽음들과 탄생들을 거치며 지금의 모습을 갖게 된 게들은 만일 크기가 사람만 했다면 위협적인 괴수로 보였을 것이다. 늙은 바퀴벌레들이 어두운 빛 속에서 기어 다닌다. 그리고 이 모든 것이 나다. 내가 동굴을 그리거나 당신에게 동굴에 대한 글을 쓸 때는 모든 것이 졸음 때문에 무거워져 있다—바깥에서는 수십 마리 야생마들의 건조한 발굽이 어둠을 짓밟는 소리가 들려오고, 말발굽의 마찰로부터 기쁨이 불꽃을 일으키며 피어난다: 나는, 나와 동굴은, 여기 우리를 썩게 만들 바로 그 시간 속에 있다.

나는 얼마 전에 그린 동굴의 존재를 아무런 묘사 없이 말로 옮기고 싶다—그리고 그럴 방법을 모른다. 그저 반복할 뿐이다: 그 달콤한 공포를, 공포와 경이의 동굴을, 고통받는 영혼들의 장소를, 겨울과 지옥을, 비옥하지 않은 땅속에 있는 악의 예측 불가능한 토대를. 나는 동굴을 그것의 이름으로 부르고 그것은 독기를 품고 살기 시작한다. 그러면 나는 공포를 그리는 법을 아는 나 자신을 두려워하게 된다. 바로 나 자신인 메아리치는 동굴들의 산물인 나, 나는 말인 동시에 그 메아리이기도 하기에 숨이 막힌다.

하지만 지금-순간은 반짝이다 사라지고, 반짝이다 사라지는 반딧불이다. 현재는 엄청나게 속력을 높인 차의 바퀴가 땅을 스치는 순간이다. 바퀴 중에 아직 땅에 닿지 않은 부분은 즉각성—그것은 지금을 흡수한 다음 과거로 만든다—에 따라 곧 닿게 될 것이다. 나는, 살아서, 순간들처럼 명멸하고, 불꽃을 일으켰다 꺼뜨리고, 불타오르다 꺼지고, 불꽃을 일으켰다 꺼뜨린다. 다만 내가 내 안에 붙잡아 둔 게 무엇이든, 그걸 지금처럼 글로 옮길 때는 단어들이 번뜩이는 눈짓보다 더 많은 순간을 차지한다는 사실에 절망하게 된다. 나는 순간보다는 그것의 흐름을 원한다.

새로운 시대, 나 자신의 시대, 이 시대가 즉시 나의 도착을 알린다. 나는 충분히 용감한가? 지금으로선 그렇다: 왜냐하면 나는 먼 고통에서 왔으니까. 나는 사랑의 지옥에서 왔고 이제 당신에게서 벗어났으니까. 나는 멀리서, 중대한 혈통에서 왔다. 나는 삶의 고통에서 왔다. 그리고 더 이상 그걸 원하지 않는다. 나는 행복의 전율을 원한다. 나는 모차르트의 공정함을 원한다. 하지만 나는 모순을 원하기도 한다. 자유? 그건 내 마지막 피난처다. 나는 스스로에게 자유를 강요했으며, 그것을 재능처럼 지니지 않고 영웅적으로 보유한다: 나는 영웅적으로 자유롭다. 그리고 흐름을 원한다.

내가 당신에게 쓰는 글은 편안하지 않다. 나는 확신을 전하지 않는다. 대신 나 자신을 금속화한다. 나는 당신에게든 내게든 편안하지 않다. 내 말들은 그날의 공간 속으로 터져나간다. 당신이 나에 대해 알게 될 것은 그림자, 과녁에 명중한 화살의 그림자다. 화살은 내게 거의 아무런 의미도 없으니, 나는 아무런 공간도 차지하지 않는 그림자를 헛되이 움켜쥘 것이다. 나는 나 자신과 당신으로부터 자유로워지는 무언가를 만들 것이다—이것은 죽음에 이르는 나의 자유다.

이 지금-순간, 나는 경이를 향한 산만하고도 종잡을 수 없는 갈망에, 그리고 수도꼭지에서 나와 향기 가득한 정원 잔디밭으로 흘러가는 물에 비친 태양의 무수한 반사광에 에워싸여 있다. 정원과 반사광들은 내가 지금 여기서 지어낸 것이고, 그것들은 내 삶 속 이 순간의 말하기를 구성하는 구체적인 도구다. 내 상태는 물이 흐르고 있는 정원이다. 나는 그 상태를 묘사하기 위해 시간이 스스로 만들어 낼 수 있는 말들을 섞으려 한다. 내가 당신에게 말하는 건 눈으로 볼 때처럼 빠르게 읽어야 한다.

지금은 낮이고, 갑자기 다시 일요일이 되었고, 그것은 뜻밖의 분출이었다. 일요일은 메아리들의 날이다—더위, 건조함, 사방에서 들려오는 꿀벌들과 말벌들의 웅웅거림, 새들의 울음소리, 일정한 속도로 내리치는 망치질 사이의 간격—일요일의 메아리들은 어디서 오는가? 나, 일요일의 공허를 혐오하는 나로부터. 나, 가장 원초적인 것을 원하는 나로부터. 왜냐하면 가장 원초적인 것이 그 시대의 원천이 되기 때문이다. 나, 샘의 원천에서 물을 마시기를 갈망하는 자—이 모든 자인 나는 오직 내 메아리들만을 알고 맛볼 수 있다는 비극적인 숙명과 마주해야 한다. 나 자신이라는 것을 포착할 수는 없기 때문이다. 나는 망연함과 떨림, 경이감을 안겨 주는 기대에 찬 채 세상에 등을 돌리고 있으며, 어딘가에서는 죄 없는 다람쥐가 도망치고 있다. 풀들, 나무들. 나는 파리들이 설탕통을 빙빙 도는 일요일의 여름 열기 속에서 잠깐 낮잠을 잔다. 일요일의 과시적인 색깔들, 무르익은 찬란함. 나는 이 모든 걸 얼마 전에, 다른 일요일에 그림으로 그려 놓았다. 여기, 한때 누구의 손도 닿지 않았던 캔버스가 이제 무르익은 색깔들로 뒤덮인 채 놓여 있다. 활기 없는 거리를 향해 열린 나의 창문 앞에서 청파리들이 희미하게 빛난다. 오늘 하루는 매끄러운 과일 껍질 같다. 그 과일 껍질은 이에 찢기는 작은 재앙을 겪으면서 즙을 흘린다. 나는 이 저주받은 일요일이 두렵다. 그것은 나를 액체화한다.

나 자신을 새로 만들고 당신을 새로 만들기 위해, 나는 정원과 그림자의 상태로 돌아간다. 상쾌한 현실, 나는 거의 존재하지 않으며, 만약 존재하려면 세심한 주의를 계속 기울여야만 한다. 그림자 주변에는 흥건한 땀의 열기가 있다. 나는 살아 있다. 하지만 나는 아직 내 한계에 다다르지 못한 듯한 느낌을 받는데, 그러면 그 한계의 경계는 무엇으로 이루어져 있을까? 아니, 위험한 자유의 모험에는 경계가 없다. 그리고 나는 위험을 감수한다. 나는 위험을 감수함으로써 산다. 나는 노랗게 흔들리는 아카시아들로 가득하며, 나는 이제 막 여정을 시작한 자이며, 나는 내 인생의 걸음걸음이 어떤 잃어버린 바다로 이어질지 추측해 가며 비극적인 기분으로 여정에 나선다. 나는 내 안의 구석진 곳들을 미친 듯이 통제하고, 그 발광은 너무도 강렬한 아름다움으로 나를 질식시킨다. 나는 이전이고, 거의이고, 전혀이다. 그리고 이 모든 것은 당신에 대한 사랑을 그치면서 얻게 되었다.

나는 그림을 그리기 전에 스케치 연습 삼아 당신에게 이 글을 쓴다. 나는 말들을 본다. 내가 말하는 건 순수한 현재이며 이 책은 공간 속에 곧게 뻗은 선이다. 그것은 늘 흐르고, 카메라의 노출계[1]는 열렸다가 즉시 닫히지만 언제나 그 순간의 빛을 담아낸다. 설령 내가 "나는 살았다"거나 "나는 살 것이다"라고 말한다 해도 그건 현재이다. 내가 그 말들을 하는 건 지금이니까.

나는 그림을 그릴 준비를 해야겠다는 목표를 갖고 이 글을 쓰기 시작했다. 하지만 지금은 말들의 맛에 압도당하면서 그림의 영역에서 거의 벗어났다. 나는 당신에게 말할 것들을 창조하면서 관능적인 만족을 느낀다. 나는 말의 통과의례를 거치는 중이다. 나의 몸짓들은 신관문자[2]이며 삼각형을 이루고 있다.

그래, 이것은 삶에 의해 보이는 삶이다. 하지만 나는 지금 일어나고 있는 일들을 붙잡는 법을 갑자기 잊어버린다. 존재하는 것들을 붙잡는 법을 모르는 나는 무엇이든 상관치 않고 지금 일어나는 일을 산다: 나는 실수들로부터 거의 자유로워졌다. 나는 자유롭게 풀려난 말馬이 맹렬히 달리게 한다. 나는 힘차게 달려가는 자, 오직 현실만이 내 한계를 설정한다.

이제 하루가 그 끝에 다다르고, 나는 귀뚜라미 울음소리를 들으며 완전히 충만하고 불가해한 상태에 접어든다. 그다음엔 작은 새들을 가득 품은 푸른 새벽이 온다—지금 내가 당신에게 한 사람이 인생을 살면서 겪는 일에 대해 알려 주고 있는 게 맞는지 궁금하다. 그리고 나는 내게 일어나는 모든 일들을 붙잡아 두기 위해 기록한다.

나는 지금 살아 움직이는 신경을 손에 쥔 채 느끼고 싶고, 그래서 그 신경이 팔딱거리는 정맥처럼 나를 거부하기를 바란다. 그것이, 삶의 신경이 저항하기를, 일그러지고 고동치기를 바란다. 그리고 풍요로운 삶이 지

---

1) fotómetro. 여기서는 카메라의 셔터를 의미하려던 것으로 보인다.

2) 고대 이집트 상형문자를 뜻한다.

닌 어두운 관능 속으로 사파이어와 자수정과 에메랄드들이 쏟아지기를 바란다: 드디어, 내 어둠 속에서 거대한 황옥이, 자신만의 빛을 지닌 말이 진동하고 있기 때문이다.

지금 나는 야성적인 음악을 듣고 있다. 북소리와 리듬이 거의 전부라고 할 수 있는 그 음악은 젊은 마약쟁이들이 현재를 살고 있는 이웃집에서 흘러나온다. 또다시 끊임없는, 끊임없는 리듬, 내게 어떤 끔찍한 일이 일어나고 있다.

그 리듬은 무슨 발작 같아서, 나는 그것을 그냥 지나쳐 가려 한다—삶의 저편으로 지나쳐 가려 한다. 이 이야기를 어떻게 당신에게 설명할 수 있을까? 그 리듬은 끔찍하고 위협적이다. 나는 더 이상 멈출 수 없을 것 같다. 나는 겁이 난다. 나는 두려움에서 벗어나려고 애쓴다. 그런데 실제로 두드리는 소리는 이미 오래전에 멈췄다: 내가 내 안에서 끊임없이 두드리고 있다. 그 두드림에서 벗어나야만 한다. 하지만 그럴 수가 없다: 나의 저편이 나를 부른다. 내가 듣는 건 나 자신의 발걸음 소리다.

땅속 깊은 곳에 뒤엉켜 있는 희귀한 나무의 뿌리를 뽑아내듯, 그렇게 나는 당신에게 글을 쓰고, 그 뿌리들은 강력한 촉수 같고, 뱀에 휘감긴, 성욕에 휘감긴 강인한 여자들의 육감적인 알몸 같다. 이 모든 일은 흑미사 중에 이루어지는 기도이며 비굴하게 간구하는 아멘이다: 왜냐하면 부정한 것들은 보호받지 못하고 신의 인정을 필요로 하니까: 그것이 창조다.

나는 자신도 모르는 사이에 저편으로 갈 수 있었던 걸까? 고동치는 지옥 같은 삶, 그것이 저편이다. 하지만 그곳은 내 공포의 형상을 바꾸어 준다: 그렇게 나는 무르익은 열매들처럼 무거운 상징들로 이루어진 무거운 삶에 빠져든다. 나는 잘못된 닮은꼴들을 택하지만, 그 선택이 온갖 뒤엉킨 것들을 헤치며 나를 이끌어 준다. 그러나 내 과거의 상식에 관한 기억들, 그 기억의 조각들이 나를 계속 여기 '이편'에 닿게 만든다. 도와줘, 무언가가 나를 비웃으며 다가오고 있어. 어서, 구해 줘.

하지만 손을 내밀어 나를 구해 줄 사람은 아무도 없다: 나는 온 힘을 다해야 한다—그리고 악몽 속에서 갑자기 접질리고, 결국 여기 이편에 얼굴을 박으며 넘어진다. 나는 이 조야한 땅에 던져진 채 녹초가 되어 누워 있다. 심장은 여전히 미친 듯 뛰고 심한 구역질이 난다. 나는 안전한가? 나는 축축한 이마를 닦는다. 천천히 일어나면서 미미한 회복의 첫걸음을 떼려 한다. 가까스로 균형을 잡는다.

아니, 이 모든 건 실제로 일어난 일들이 아니다. 이것들은 다른 영역 속에 있는데…… 기교의 영역? 그래, 교묘한 기술에 의해 가장 정교한 현실이 생겨났고, 그렇게 그것들이 내 안에 존재하게 된 것이다: 나에게 변형이 일어났다.

하지만 이제 저편이, 내가 간신히 벗어났던 그곳이 신성해졌고, 나는 아무에게도 비밀을 털어놓지 않는다. 마치 꿈속에서 저편에 서서 맹세라도 했던 것처럼. 피의 맹세. 아무도 아무것도 모를 것이다: 내가 아는 건 너무도 덧없고 거의 존재하지 않기에, 그것들은 나와 나 사이에 존재한다.

나는 약한 걸까? 끊임없이 이어지는 미친 리듬에 사로잡힌 약한 여자일까? 만일 내가 강하고 단단했다면 그 리듬이 들리기나 했을까? 나는 어떤 답도 얻지 못한다: 나는 있다. 내가 삶에서 얻는 답은 그것뿐이다. 하지만 나는 무엇으로 있는가? 그에 대한 답은: 나로 있다. 가끔 나는 비명을 지른다: 더 이상 내가 되고 싶지 않아! 하지만 그러면서도 나는 나 자신에게 달라붙어 있고, 어쩔 수 없이 그곳에서 삶의 음역대를 형성한다.

누구든 나와 함께할 사람은 함께해 주기를: 이 여정은 길고 험난하지만, 사는 것이다. 지금 나는 당신에게 진지하게 이야기하고 있다: 나는 말을 가지고 장난하지 않는다. 나는 말들 너머에 뒤엉켜 있는 관능적이고 이해할 수 없는 문구들 속에서 나 자신을 구현한다. 문구들이 조용히 노크하면 거기서 침묵이 뿌옇게 솟아난다.

따라서 글쓰기는 말을 미끼로 사용하는 방법이다: 말은 말이 아닌 것을 낚는다. 행간에 있는 말 아닌 것이 미끼를 물면 글이 쓰인 것이다. 행간에 있는 것이 잡히고 나면 안심하고 말을 내버릴 수 있다. 바로 여기가 비유가 끝나는 곳이다: 말이 아닌 것, 미끼를 물기, 말에 통합되기. 그러니 당신을 구원하는 건 넋을 놓은 글쓰기다.

나는 이치에 맞는 것에만 의존하는 사람들 특유의 끔찍한 한계를 갖고 싶지 않다. 나는 그렇지 않다: 나는 지어낸 진실을 원한다.

나는 당신에게 무엇을 말하게 될까? 순간들을 말할 것이다. 나는 너무 멀리 가고, 그래야만 존재한다. 나는 열렬히 존재한다. 이 엄청난 열기—언젠가는 삶을 멈출 수 있을까? 이 슬픔이여, 너무도 많이 죽는 나여. 나는 땅을 뚫고 내려가는 뿌리의 구불구불한 길을 따라간다. 나는 열정이라는 재능을 얻은 자, 마른 나무의 모닥불 속에서 뒤틀리며 타오른다. 내 존재를 확장하고픈 나는 내 너머에 존재하는 비의秘儀를 그것에게 가져다준다. 나는 동시에 존재한다: 나는 내 안에 과거와 현재와 미래의 시간을 모은다, 시간, 시계의 똑딱거림 속에서 고동치는 시간.

나 자신을 해석하고 명확히 나타내기 위해선 새로운 신호들과 표현들이 필요한데, 그것들은 내가 이편 혹은 내 인간사 너머에서 발견한 것들과 똑같은 모양을 하고 있다. 나는 현실을 변형시키고, 그러고 나면 꿈꾸는 현실이, 몽유병의 현실이, 나를 창조한다. 나는 온몸으로 구르고 땅에서 뒹굴며 나뭇잎들 사이에서 자신을 키운다. 익명의 현실이 만든 익명의 작품인 나는 삶이 지속되는 동안만 정당화될 수 있다. 삶이 끝난 후에는? 그

때가 오면 내가 살았던 모든 삶은 가련한 잉여물이 될 것이다.

하지만 지금 당장은, 나라는 존재는 소리 지르며 우글거리는 모든 것 한가운데에 있다. 그리고 그 존재는 가장 모호한 현실만큼 감지하기 어렵다. 지금, 시간이란 생각이 이어지는 기간이다.

현실의 핵심, 보이지 않는 그 핵심과의 접촉은 몹시도 순수한 것이다.

나는 내가 여기서 무얼 하고 있는지 안다: 나는 방울방울 떨어지는, 피가 진하게 섞인 순간들에 대해 이야기하고 있다.

나는 내가 여기서 무얼 하고 있는지 안다: 즉흥적으로 지어내고 있다. 그게 뭐가 문제란 말인가? 음악을 즉흥적으로 지어내는 재즈, 청중 앞에서 즉흥을 풀어 내는 재즈, 격정에 빠진 재즈처럼 하는 것뿐인데.

내 그림들을 말이라는 이상한 것과 바꾼 건 너무 기이한 일이다. 말들—나는 위협적으로 변할 수 있는 말들 사이로 조심스럽게 움직인다. 내게는 이렇게 쓸 자유가 있다: "순례자들과 상인들, 목자들은 티베트를 향해 카라반을 이끌었으며, 그 길은 험난하고 원시적이었다." 나는 이 문구로 하나의 장면을 탄생시킨다. 마치 사진에 담긴 빛 같은 것.

이 즉흥적인 재즈가 말하는 건 무엇일까? 그것은 다리들과 뒤엉킨 팔들, 솟구치는 불길, 그리고 맹목적인 비행을 멈춘 독수리의 날카로운 갈고리 모양 부리에 뜯어먹히는 고기처럼 수동적인 나를 말한다. 나는 나 자신을 향해, 그리고 당신을 향해 내 가장 깊숙한 곳에 숨겨진 욕망들을 표현하면서 어지럽게 미쳐 돌아가는 아름다움을 성취한다. 나는 복잡하게 뒤엉켜 있는 말들을 쓴다는 새로움 속에서 기뻐 전율한다. 나는 내 감각들과 생각들의 자유를, 아무런 쓸모도 고려치 않고, 오직 보다 심오하게 획득하기 위해 애쓴다: 나는 혼자다. 나와 내 자유뿐이다. 내 이런 자유는 원시인을 당혹케 할 수 있다. 하지만 당신은 내가 성취한 이 완전함을, 지각할 수 있는 테두리를 지니지 않은 그것을 보고서도 당혹해하지 않을 것이다. 무엇으로든 살 수 있는 나의 이 능력은 원만하고 광대하다—나는 식충 식물들과 전설 속의 동물들에게 둘러싸이고, 그것들은 신화 속의 섹스로부터 쏟아진 조악하고 뒤틀린 빛 속에 비스듬히 잠겨 있다. 나는 관념을 추구하지 않고 직관을 이용해 나아간다: 나는 유기체다. 그리고 나는 스스로에게 동기가 무엇이냐고 묻지 않는다. 나는 거의 고통에 가까운 강렬한 행복감 속으로 뛰어든다—그러고는 내 머리칼에서 솟아난 잎사귀들과 가지들로 나를 장식한다.

나는 내가 무엇을 쓰고 있는지 모른다: 나는 나 자신에게 모호한 존재다. 나는 처음엔 달빛의 선명한 시야를 가졌었고, 그래서 하나의 순간이 죽은 뒤 영원히 죽은 상태로 접어들기 전에 나 자신을 위해 그 순간을 뽑아낼 수 있었다. 내가 당신에게 전하고 있는 건 관념들을 담은 메시지가 아니다. 그것은 자연 속에 숨겨져 있었던, 그간 내가 예견해 왔던 직관적인 황홀경이다. 또한 이것은 향연이기도 하다. 말들의 향연. 나는 목소리보다는 몸짓에 가까운 신호들로 글을 쓴다. 사물들의 내밀한 본질로 파고드는 것, 이 모든 건 그림을 그리면서 익숙해진 것이다. 하지만 이제 자신을 새로 만들기 위해 그림 그리는 걸 그만둘 때가 되었다. 나는 이 글을 통해 자신을 새로 만든다. 내겐 목소리가 있다. 그림의 선線 속으로 뛰어들 때와 마찬가지로, 이 글쓰기 역시 내게는 계획 없는 삶이 펼치는 활동에 속한다. 세상은 눈에 보이는 질서를 갖고 있지 않으며, 내가 가진 질서라고는 숨 쉬는 순서뿐이다. 나는 나를 놓아둔다.

나는 밤의 위대한 꿈들 속에 있다: '지금-당장'은 밤이기 때문이다. 그리고 나는 시간의 흐름을 노래한다: 나는 여전히 메디아와 페르시아의 여왕인 동시에, 미래를 향해 도개교처럼 스스로를 내던지는 느린 진화이기도 하다. 나는 그 미래에서 새어 나온 희뿌연 구름을 이미 들이마시고 있다. 나를 둘러싼 기운은 삶의 신비로 이루어져 있다. 나는 자신을 뛰어넘으므로, 자신을 포기하므로, 그래서 나는 세상이다: 나는 세상의 목소리를 따라가고, 문득 나 자신도 갑자기 독특한 목소리를 지니게 된다.

세상: 빽빽한 전화선들의 뒤엉킴. 그리고 그 밝음은 여전히 어둡다: 그것이 세상과 마주한 나다.

위험한 균형, 나의 것, 영혼에 가해지는 치명적인 위험. 무기력함과 푸른 녹과 끈적이는 것들로 뒤덮인 오늘의 밤이 나를 바라본다. 나는 삶보다 긴 이 밤의 내부를 원한다. 이 밤의 내부를, 날것의 삶을, 피투성이에 타액이 가득한 삶을 원한다. 나는 이 단어를 원한다: 찬란함. 찬란함은 즙이 많은 열매, 슬픔 없는 열매다. 나는 거리두기를 원한다. 나 자신에 관한 거친 직관. 하지만 내 핵심에 해당하는 부분은 늘 숨겨져 있다. 그것은 잠재적이다. 나 자신을 터놓고 드러낼 때, 나는 내 축축한 내밀함을 잃어버린다.

무한한 공간은 무슨 색일까? 공기의 색이다.

우리—죽음이라는 스캔들을 마주하고 있는.

내가 하는 말은 피상적으로만 들으라. 그러면 의미의 결여에서 하나의 의미가 탄생할 것이다. 내게서 높고 밝은 삶이 불가사의하게 탄생하는 것처럼. 말들의 무성한 밀림은 내 느낌과 삶을 빽빽하게 뒤덮고, 나를 구성하는 모든 것을 내 바깥에 남아 있는 내 것으로 변형시켜 버린다. 자연은 뒤덮는다: 자연은 나를 완전히 옭아맨다. 그것은 섹스처럼 살아 있다. 바로 그것: 살아 있다. 나 역시 격렬하게 살아 있다—그리고 방금 사슴을 먹어 치운 호랑이처럼 주둥이를 핥는다.

나는 지금, 바로 이 중요한 순간에 당신에게 글을 쓴다. 나는 오직 지금 속에서만 이야기를 펼친다. 나는 오늘 말한다. 어제도 내일도 아닌 오늘, 이렇게 실재하고 또 기필코 사라져 버릴 순간에. 자그맣고 틀에 갇힌 내 자유가 나를 세상의 자유에 연결시킨다—직각으로 짜인 틀에 담긴 인상, 그게 아니라면 창문이란 대체 뭐란 말인가? 나는 거칠게 살아 있다. 죽음이 말한다, 자신은 떠난다고. 나를 데려간다는 말을 덧붙이지 않고. 나는 죽음과 함께 가야 하기에 헐떡거리며 몸서리친다. 나는 죽음이다. 죽음은 내 존재 안에 자리 잡는다—당신에게 어떻게 설명해야 할까? 그 죽음은 관능적이다. 나는 죽은 사람처럼 키 큰 풀들을 헤치며 푸르스름한 풀빛 속을 걷는다: 나는 금으로 빚어진 사냥의 여신 다이아나이며 내가 발견할 수 있는 건 수북이 쌓인 뼈들뿐이다. 나는 느낌들로 이루어진 지층 맨 밑바닥에 살고 있다: 나는 가까스로 살아 있다.

하지만 이 저주받은 한여름의 날들이 내게 포기해야 한다고 속삭인다. 나는 의미를 갖는 걸 포기하고, 그러면서 달콤하고 고통스러운 나약함에 사로잡힌다. 둥글고 둥근 형상들이 허공을 지난다. 여름의 열기다. 나는 갤리선을 타고 마법에 걸린 여름의 바람에 맞서 항해한다. 짓밟힌 나뭇잎들이 내 어린 시절의 땅을 상기시킨다. 초록빛 손과 금빛 가슴—그것이 내가 그리는 사탄의 표식이다. 숨겨진 표식을 찾는 과정에서 마녀들과 주술사들을 발가벗겨 버리는 우리의 연금술을 두려워하는 자들의 표식. 그 표식은 거의 늘 발견되었지만, 그에 관한 지식은 오직 눈을 통해서만 얻을 수 있었다. 심지어 흑암에 둘러싸여 있었던 중세 때조차 그것을 말로 표현하거나 설명하는 건 불가능했다—중세, 중세여, 그대는 나의 어두운 토대이며, 표식을 지닌 자들이 모닥불 불빛 속에서 원을 이루어 춤을 춘다, 나뭇가지들과 나뭇잎들을, 풍요를 부르는 남근을 상징하는 그것들을 밟으며: 심지어 백미사에서도 피가 사용된다. 거기서 피는 마셔진다.

들어라: 나는 너를 있게 한다, 그러니 나를 있게 하라.

하지만 영원eternamente은 아주 단단한 말이다: 화강암질의 t가 들어 있다. 영원: 시작된 적이 없는 모든 것을 위한 말이다. 나의 이 작은, 너무도 한정된 머리는 시작되지도 않고 끝나지도 않는 것에 대해 생각할 때면 터져버릴 듯하다—그것은 영원하기 때문에.

다행히 그런 느낌은 오래 가지 않는다. 그건 내가 그 느낌이 계속되는 걸 견디지 못하기 때문이고, 또한 그 계속됨은 곧 광기로 이어지기 때문이다. 하지만 나는 그 반대의 것을 상상할 때도 머리가 터져버릴 것 같다. 이미 시작된 것 말이다. 그것은 어디에서 시작되었을까? 그리고 그것이 끝났다면 그 끝남 뒤에는 무엇이 오는가? 당신도 알다시피, 나는 삶을 손아귀에 넣을 수도, 그것에 깊이를 더할 수도 없다. 공기와도 같은 그것은 내 가벼운 숨결이다. 하지만 나는 내가 무엇을 원하는지는 안다: 나는 확정할 수 없는 것을 원한다. 나는 심오하고 유기적인 무질서를, 그 바탕에 깔린 질서를 암시하는 무질서를 원한다. 위대한 잠재력. 나의 이 횡설수설하는 문구들은 글로 쓰이는 그 순간에 창조된다. 파릇파릇한 새것이다. 그것들은 지금이다. 나는 구조의 공백을 체험하고 싶다. 하지만 내가 쓰고 있는 이 글은 처음부터 끝까지 가느다란 맥락으로 연결되어 있다. 맥락? 어떤 말 혹은 어떤 격정의 원인 속으로 뛰어드는 일 말인가? 욕망에 찬 맥락, 음절들을 뜨겁게 만드는 숨결. 하나의 확신이 내게 다가온다, 삶은 다른 것이고 그 안에는 숨겨진 양식이 존재한다는 확신. 그런데도 삶은 아슬아슬하게 내게서 도망쳐 버린다.

내가 당신에게 주는 글은 가까이에서 보아선 안 된다—높이 나는 비행기 안에서 보아야 전에는 보이지 않던 은밀하고 둥근 형태가 드러난다. 그제야 당신은 섬들이 벌이는 게임을 파악하고 해협들과 바다들을 볼 수 있다. 나를 이해하라: 나는 당신에게 하나의 의성어를, 언어의 경련을 쓴다. 나는 당신에게 하나의 이야기가 아니라 소리로 살아 있는 말들을 전한다. 그래서 이렇게 말한다:

"욕망하는 나무의 몸통."

그리고 나는 그 안에 몸을 담근다. 그것은 우리 안에서 땅속으로 뚫고 들어가는 뿌리와 연결되어 있다. 내가 당신에게 쓰는 모든 것은 팽팽하다. 나는 그 자체로 하나의 자유로운 화살인 길 잃은 말들을 사용한다: 미개인들, 야만인들, 퇴폐적인 귀족들과 깡패들. 그 말이 당신에게 어떤 의미를 주는가? 그 말은 내게 말을 건다.

하지만 언어에서 가장 중요한 말은 두 글자로만 이루어져 있다: 있다. 있다.

나는 그 핵심에 있다.

나는 아직 있다.

나는 살아 있는 부드러운 중심에 있다.

아직.

그것은 반짝이며, 탄력적이다. 윤기 흐르는 검은 표범의 걸음걸이처럼. 나는 검은 표범이 유연하게, 천천히, 위험하게 걸어가는 걸 본 적이 있다. 하지만 그 표범은 우리에 갇히지 않았으니—왜냐하면 내가 그러기를 원하지 않기 때문이다. 예측할 수 없는 것에 대해 말해 보자—나는 이다음 이어질 문구를 예측할 수 없다. 내가 위치한 이 중심, '있음'의 중심에서, 나는 아무것도 묻지 않는다. 왜냐하면 그것이 있을 때—그것은 있기 때문이다. 나를 한정하는 건 오직 내 고유함뿐이다. 나, 탄력적인 존재, 다른 몸들과 따로 떨어져 있는.

사실 나는 당신에게 쓰고 있는 글의 맥락을 여전히 제대로 파악하지 못하고 있다. 아마 영원히 그럴 텐데—하지만 나는 어둠을 안다. 유연한 표범의 두 눈이 그 안에서 빛나고 있다. 어둠은 나의 온실이다. 마법에 걸린 어둠. 나는 계속해서 당신에게 이야기할 것이며 단절의 위험을 무릅쓸 것이다: 나는 내 앎이 미치지 못하는 은밀한 곳에 있다.

나는 나를 이해할 수 없기에 당신에게 글을 쓴다.

하지만 나는 계속해서 자신을 따라갈 것이다. 탄력적으로. 내가 존재하기 위해 살아남아 있는 이 숲은 무척 신비롭다. 하지만 지금 나는 뭔가가 일어나고 있다고 생각한다. 그러니까: 내가 들어가고 있다는 것이다. 그러니까: 신비 속으로. 나는 그 신비의 핵 속에서 원생동물처럼 헤엄치는데, 왜냐하면 나 역시 신비한 존재이기 때문이다. 어느 날 나는 어린애처럼 이렇게 말했다: 나는 무엇이든 할 수 있어. 그건 언젠가 나 자신을 버리고 모든 법칙을 포기하게 될 날을 예견한 것이었다. 탄력적으로. 심오한 기쁨: 은밀한 황홀. 나는 생각을 어떻게 지어내는지 안다. 나는 요동치는 새로움을 느낀다. 하지만 내가 쓰는 건 그저 하나의 억양일 뿐임을, 나는 잘 알고 있다.

마음 깊은 곳에서, 나는 내가 인간이라는 종족에 속하지 않는 것 같다는 묘한 인상에 사로잡힌다.

말할 게 너무 많은데 어떻게 말해야 할지는 모르겠다. 단어가 부족하다. 하지만 새로 지어내는 건 거부하겠다: 이미 존재하고 있는 말들이 말해야 한다. 무엇은 말할 수 있고 또 무엇은 금지되어 있는지를. 그리고 나는 금지된 것들을 감지할 수 있다. 내게 힘이 있다면. 생각 너머에는 말들이 없다: 거기에는 그 자체뿐이다. 내 그림에는 말들이 없다: 그건 생각 너머에 존재한다. 이 땅, 그 자체로 있는 땅에서, 나는 수정 같은 순수한 황홀이다. 그것은 그것 자체다. 나는 나 자체다. 당신은 당신 자체다.

나는 유령들에 시달린다. 신화적이고 환상적이며 거대한 유령들: 삶은 초자연적이다. 나는 우산을 펴들고 줄타기를 한다. 내 위대한 꿈의 한계를 향해 간다. 나는 뱃속에서 올라온 충동이 불러일으킨 격정을 본다: 뒤틀린 내장들이 나를 인도한다. 방금 내가 쓴 것은 마음에 들지 않는다—하지만 전체를 다 받아들여야만 한다는 의무감을 느낀다. 그게 나에게 일어난 일이니까. 나는 자신에게 일어난 일을 매우 존중한다. 나의 본질은 스스로를 의식하지 못하며, 그래서 나는 맹목적으로 자신에게 복종한다.

나는 지금 반反선율적이다. 상반된 것들이 힘겹게 이루는 조화에서 즐거움을 찾는다. 나는 어디로 가고 있는가? 그 질문에 대한 답은: 나는 가고 있다.

그러니 나는 죽고 나면 태어난 적도 없고 산 적도 없게 될 것이다: 죽음은 해변에 남겨진 물거품의 흔적을 지워 버린다.

지금은 하나의 순간이다.

그리고 다음 순간이 온다.

그리고 다음 순간. 나의 노력: 미래를 지금 여기로 데려오기. 나는 나 자신의 깊은 본능, 맹목적으로 작동하는 그 본능들 속에서 움직인다. 그러다 어느 샘에, 웅덩이에, 폭포에 가까워졌음을 느낀다. 거기엔 풍요로운 물이 들어 있다. 그리고 나는 자유롭다.

나에게 귀 기울이라, 나의 침묵을 들으라. 내가 말하는 건 절대로 내가 말하는 게 아닌 다른 무엇이다. 내가 "풍요로운 물"이라고 말할 때, 내가 말하는 건 세상의 물들 안에 있는 몸의 힘이다. 내가 진짜로 말하고 있는 그 '다른 것'을 붙잡는 게 바로 내가 한 말들이다. 왜냐하면 나 스스로는 그걸 붙잡을 수 없기 때문이다. 내 침묵 속의 에너지를 읽으라. 아, 나는 신과 그의 침묵이 두렵다.

나는 나 자신이다.

하지만 그 안에는 개인의 범주를 넘어선 것, 즉 보편적인 '그것'에 관한 수수께끼도 들어 있다: 내 안에는 보편성이 있으며, 그건 가끔 내 안에서 흘러넘치곤 하는 개인적인 것들에 의해 썩거나 오염되지 않는다: 나는 나 자신을 햇볕에 바짝 말려, 잘 마른 씨앗처럼, 싹을 틔울 수 있게 된 열매 씨앗처럼 스스로의 범주를 넘어선다. 나의 개인성은 땅속에 있는 부식토다. 부패를 통해 살아가는 것. 나의 '그것'은 돌멩이처럼 단단하다.

내 안의 초월성은 살아 있고 부드러운 '그것'이다. 그것은 굴이 가진 생각을 가졌다. 굴은 근원에서 분리될 때 불안감을 느낄까? 굴은 눈 없는 삶 속에서 동요한다. 나는 살아 있는 굴에 레몬즙을 떨어뜨리곤 했는데, 그때마다 굴이 온몸을 뒤트는 걸 지켜보며 공포와 매력을 함께 느꼈다. 나는 살아 있는 <u>그것</u>을 먹고 있었다. 살아 있는 <u>그것</u>은 신이다.

잠시 멈춰야겠다. 왜냐하면 나는 신이 세상이라는 걸 알기 때문이다. 그는 존재하는 아무것이다. 그럼 나는 존재하는 아무것을 향해 기도하는 셈인가? 존재하는 아무것에 접근하는 건 위험하지 않다. 깊은 기도는 무에 대한 명상이다. 그것은 자신과의, 자신의 범주를 넘어선 자신과의 건조하고 전기적인 접촉이다.

나는 사람들이 내 깊은 곳에 레몬즙을 떨어뜨려 내 온몸이 뒤틀리도록 만드는 걸 원하지 않는다. 삶이 지닌 사실들, 그것이 굴에 떨어지는 레몬즙일까? 굴도 잠을 잘까?

최초의 요소는 무엇이었을까? 처음부터 둘이 있었으리라. 젖이 솟구치도록 만드는 비밀스럽고 내밀한 움직임을 갖기 위해서.

고양이는 새끼를 낳고 나면 자기 태반을 먹은 다음 나흘간 아무것도 먹지 않는다고 한다. 나흘이 지나서야 우유를 마신다. 모유 수유에 대해 한번 엄밀하게 말해 보겠다. 사람들은 젖이 솟는다고 한다. 어떻게? 설명해 봐야 별 도움이 되지 않을 것이다. 설명은 또 다른 설명을 부르고 또 다른 설명을 부르고 그런 다음에도 결국 또 다른 수수께끼가 생길 테니까. 하지만 나는 아이에게 모유를 먹이는 일에 관한 그것을 알고 있다.

나는 숨을 쉰다. 오르락내리락. 오르락내리락. 벌거벗은 굴은 어떻게 숨을 쉴까? 굴이 숨을 쉰다고 해도 나는 그걸 볼 수 없다. 내가 볼 수 없는 건 존재하지 않는 걸까? 나를 가장 감동케 하는 건 내가 볼 수 없는 것들이 내가 볼 수 없는데도 존재한다는 것이다. 그렇게 나는 전혀 알려지지 않은 세계를, 진한 타액으로 가득한 어느 완전한 세계를 발 앞에 두게 된다. 진실은 어딘가에 있다: 하지만 생각해 봐야 소용없다. 나는 그걸 발견하지 못하고, 그런데도 나는 그것으로 산다.

내가 당신에게 쓰는 것은 살며시 다가와서 서서히 절정에 이르렀다가 살며시 사라지는 게 아니다. 아니: 내가 당신에게 쓰는 것은 이글거리는 눈동자처럼 타오른다.

오늘 밤엔 보름달이 떴다. 창문을 통해 들어온 달빛이 내 침대를 덮으며 모든 걸 뿌옇고 푸르스름한 흰색으로 바꾼다. 달은 매너가 서툴다. 당신이 들어서는 방향 왼쪽에 있다. 그래서 나는 눈을 감아 달을 피한다. 왜냐하면 보름달은 가벼운 불면증, 사랑을 나눈 후처럼 무감각하고 나른한 것이기에. 나는 꿈을 꿀 수 있도록 잠을 자기로 결심했다. 꿈속에서 오는 소식들을 놓치고 있었던 것이다.

그렇게 나는 나중에 재현하려 들게 될 꿈을 꾸었다. 내가 보고 있던 영화에 대한 꿈이었다. 한 남자가 스타 배우 흉내를 내고 있었다. 그리고 이 남자가 하는 모든 행동을 다른 사람들과 또 다른 사람들이 흉내 냈다. 아주 작은 제스처까지도. 그리고 제르비누라고 불리는 음료 광고도 있었다. 그 남자가 제르비누 병을 집어 들어 입에 갖다 댔다. 그러자 모두 제르비누 병을 집어 들어 입에 갖다 댔다. 스타 배우 흉내를 내는 남자가 중앙에서 말했다: 이것은 제르비누를 광고하는 영화이고 제르비누는 사실 쓰레기다. 하지만 그게 끝이 아니었다. 그 남자는 다시 음료를 들어서 마셨다. 다른 사람들도 똑같이 했다: 어쩔 수 없는 일이었다. 제르비누는 그 남자보다 힘이 센 기업이었다. 이때 여자들은 스튜어디스처럼 보였다. 스튜어디스들은 건조 처리돼 있다—그들을 젖으로 바꾸려면 가루에 물을 많이 타야 한다. 그 영화는 자신이 자동적인 존재이며 거기서 벗어날 길은 없다는 사실을 민감하고 엄숙하게 인식하는 자동적인 인간들에 관한 것이다. 신은 자동적이지 않다: 그에겐 모든 순간이 있다. 그는 그것이다.

하지만 내가 어렸을 때 스스로에게 던진 질문들, 아직 답을 얻지 못한 그 질문들이 지금까지도 슬픔 속에서

메아리친다: 세상은 스스로 만들어졌을까? 그렇다면 어디에서 만들어졌을까? 어떤 장소에서? 그게 신의 에너지에 의해 만들어졌다면—어떻게 시작되었을까? 지금 내가 이미 존재하고 있으면서도 스스로를 만들어 가고 있는 것과 같은 방식이었을까? 답은 존재하지 않으며, 나는 그 때문에 괴로워한다.

하지만 9와 7과 8은 나의 비밀 숫자들이다. 나는 어느 종파에도 속하지 않은 새 신도다. 나는 신비를 갈구한다. 숫자들의 핵심을 향한 내 열성, 그 안에서 나는 각 숫자가 지닌 엄격하고도 치명적인 운명의 핵심을 예측한다. 그리고 어둠 속에서 더욱 깊어지는, 무성히 펼쳐지는 장관들에 관한 꿈을 꾼다: 풍요의 소용돌이, 거기에 있는, 벨벳처럼 고운 식충 식물들은 방금 싹튼 우리들이니, 날카로운 사랑—느린 기절.

내가 당신에게 쓰고 있는 이것은 생각 너머에 있을까? 이성적인 것은 '아닌' 것이다. 이성을 멈출 수 있는—그건 끔찍하게 어려운 일이지만—자라면 누구라도 좋으니, 그들이 나와 함께 하도록 놓아두라. 최소한 나는 스타 배우 흉내를 내고 있진 않으며, 나와 함께 하는 이는 나를 자기 입술에 가져다 대거나 스튜어디스가 될 필요가 없다.

고백할 게 있다: 나는 조금 겁이 난다. 자유가 나를 어디로 데려갈지 알 수 없기 때문이다. 자유 자체는 독단적이지 않으며 제멋대로 움직이지도 않는다. 하지만 내가 거기에 엮여 있지 않다.

이따금 당신에게 가벼운 이야기를 들려줄 것이다—나의 이 현악 사중주를 멈추게 할 멜로디와 칸타빌레[3]의 구간: 자양분이 넘치는 내 정글에 빈터를 만들어 줄 구상적 막간.

나는 자유로운가? 무언가가 여전히 나를 붙잡고 있다. 아니면 내가 그걸 붙잡고 있나? 또 이런 것도 있다: 나는 모든 것과 결합해 있기에 완전히 풀려날 수 없다. 게다가 한 인간은 곧 모든 것이다. 지니고 다닐 수가 없으므로 지니고 다니기에 무겁지 않은 것: 그것이 모든 것이다.

---

3) cantabile. '노래하듯이'라는 의미의 음악 용어

나는 처음으로 사물들에 대해 알고 있는 듯하다. 내가 사물들을 향해 더 가까이 다가가지 않는 건 자신을 넘어서지 않기 위해서인 것 같다. 나는 자신에 대한 두려움을 품고 있다. 나는 신뢰할 수 없는 존재이며 나의 거짓 힘을 불신한다.

이것은 할 수 없는 사람의 말이다.

나는 아무것도 이끌지 않는다. 심지어 내 말들조차도. 하지만 그건 슬프지 않다: 그건 행복한 겸손이다. 비딱하게 사는 나, 나는 당신이 들어서는 방향 왼쪽에 있다. 그리고 세상이 내 안에서 진동한다.

당신에겐 이 말이 난삽하게 느껴지는가? 그렇지 않았으면 좋겠다. 나는 난삽하지 않다. 하지만 변화무쌍하다: 나는 여기에 변화무쌍하게 기록되고 있는 나의 반짝이는 변이들에 매료된다.

이제 나는 더 깊어지기 위해 잠시 멈출 것이다. 그러고 나서 돌아오겠다.

돌아왔다. 나는 존재하고 있었다. 상파울루에서 모르

는 사람에게 편지가 한 통 왔다. 자살을 알리는 유서. 나는 상파울루로 전화를 걸었다. 아무도 받지 않았다. 울리고 또 울리는 전화벨 소리가 조용한 아파트에서처럼 메아리쳤다. 그는 죽었을까 죽지 않았을까. 오늘 아침에 다시 전화를 걸었다: 여전히 받지 않았다. 그는 죽었다, 그래. 나는 영원히 잊지 못할 것이다.

나는 더 이상 겁나지 않는다. 이야기를 좀 해야겠다, 괜찮을까? 나는 이렇게 태어났다: 내 어머니의 자궁에서 영원한 생명을 끌어냄으로써. 잠시만 기다려 줬으면 하는데—괜찮을까? 나는 그림을 그리거나 글을 쓸 때면 익명이 된다. 아무도 손대지 않은 나의 깊디깊은 익명성.

나는 지금 농담하고 있는 게 아니다. 당신에게 전할 중요한 메시지가 있다: 그것은 순수한 요소다. 순간이라는 시간의 재료. 나는 어떤 걸 객관화하고 있는 게 아니다: 나는 그것의 진짜 탄생을 갖는 중이다. 나는 지금 태어나려고 하는 사람처럼 현기증에 사로잡힌다.

탄생: 나는 고양이가 새끼 낳는 걸 지켜보았다. 새끼들은 양수 주머니 속에서 웅크린 채로 나온다. 어미가 양

수 주머니를 여러 번 핥아 주면 마침내 양수가 터지고, 새끼는 탯줄에만 연결된 채 거의 자유로운 상태가 된다. 그다음엔 어미이자 창조주인 고양이가 이빨로 탯줄을 끊고, 또 하나의 사실이 세상에 나타난다. 그 과정이 그것이다. 나는 농담하고 있는 게 아니다. 진지하게 말하는 중이다. 왜냐하면 나는 자유로우니까. 나는 엄청나게 단순하다.

나는 당신에게 자유를 주고 있다. 먼저 양수 주머니를 찢는다. 그다음엔 탯줄을 끊는다. 그러면 당신은 혼자서 살아 있게 된다.

나는 태어날 때 자유로워진다. 그것이 내 비극의 원천이다.

아니. 그건 쉬운 일이 아니다. 하지만 그것은 '있다'. 나는 나흘 동안 아무것도 먹지 않기 위해 내 태반을 먹었다. 당신에게 줄 젖을 갖기 위해서. 젖은 '이것'이다. 또한 그 누구도 '나'가 아니다. 그 누구도 '당신'이 아니다. 고독은 그런 것이다.

나는 다음 문구를 기다리고 있다. 몇 초만 있으면 된다.

초 이야기가 나왔으니 말인데, 당신이 오늘과 지금과 당장이라는 시간을 견딜 수 있는지 묻고 싶다. 나는 내 태반을 먹었기에 견딜 수 있다.

나는 새벽 세 시 반에 잠이 깼다. 깨자마자 탄력적으로 침대에서 뛰쳐나왔다. 나는 당신에게 글을 쓰러 왔다. 즉: 존재한다. 이제 다섯 시 반이다. 나는 아무것도 원하지 않는다: 나는 순수하다. 당신이 이 고독을 느끼기를 바라진 않는다. 하지만 나 자신은 창조의 안개 속에 있다. 명료한 어둠, 빛나는 어리석음.

당신에게 말할 수 없는 것이 많다. 나는 자전적인 글을 쓰진 않을 것이다. 나는 '생명'에 대한 글을 쓰고 싶다.

나는 말들의 흐름으로 글을 쓴다.

거울이 등장하기 전, 인간은 호수에 비친 그림자 말고는 자기 얼굴을 알지 못했다. 어느 시점이 지나면 모두가 자신이 가진 얼굴에 책임을 지게 된다. 지금 나는 내 얼굴을 볼 것이다. 맨얼굴. 세상에 내 얼굴과 똑같이 생긴 얼굴이 없다고 생각하면 행복한 충격을 받는다. 앞으로도 결코 없을 것이다. 결코는 불가능을 나타낸다.

나는 결코를 좋아한다. 그 반대인 언제나도 좋다. 결코와 언제나 사이에서 이들을 매우 간접적이면서도 내밀하게 이어 주는 것은 무엇일까?

모든 것의 밑바닥에는 할렐루야가 있다.

이 순간은 있다. 내 글을 읽는 당신은 있다.

내가 죽게 되리란 걸 믿기는 어렵다. 왜냐하면 나는 차가운 신선함 속에서 보글거리고 있으니까. 매 순간이 있기에 내 삶은 아주 길 것이다. 나는 태어나기 직전인데 태어날 수는 없는 상태인 듯한 느낌 속에 있다.

나는 세상에서 고동치는 심장이다.

내 글을 읽고 있는 당신, 부디 내가 태어나도록 도와 달라.

잠깐: 어두워지고 있다. 더 어두워진다.

더 어두워진다.

완전한 어둠의 순간.

그 순간이 계속된다.

잠깐: 무언가 얼핏 보이기 시작한다. 빛을 내뿜는 형체다. 배꼽이 달린 우윳빛 배? 잠깐만 기다려 달라—왜냐하면 나는 내가 두려워하는 이 어둠으로부터, 어둠과 황홀로부터 벗어날 예정이니까. 나는 암흑의 심연이다.

문제는 내 방 창문 커튼에 결함이 있다는 것이다. 커튼이 꿈쩍도 안 해서 닫을 수가 없다. 그래서 보름달이 송두리째 들어와 조용한 방에서 빛을 내뿜는다: 끔찍해.

이제 어둠이 후퇴하고 있다.

나는 태어났다.

잠시 멈춤.

경이로운 스캔들: 나는 태어난다.

내 눈은 감겨 있다. 나는 순수한 무의식이다. 나는 이미 탯줄이 잘렸다: 우주에서 분리되었다. 나는 생각을 하진 않지만 그것을 느낀다. 나는 맹목적으로 젖가슴을 찾는다: 진한 젖을 원한다. 아무도 나에게 원하는 법을 가르쳐 주지 않았다. 그런데도 나는 이미 원한다. 나는 눈을 뜨고 천장을 보며 누워 있다. 안은 어둠이다. 나는 이미 뛰고 있는 맥박이다. 해바라기들이 있다. 키 큰 밀이 있다. 나는 있다.

나는 공허하게 울려 퍼지는 시간의 폭음을 듣는다. 그것은 소리 없이 형성되고 있는 세상의 소리다. 내가 그걸 들을 수 있다면, 그건 내가 시간이 형성되기 전에 존재하기 때문일 것이다. '나는 있다', 그것이 세상이다. 시간 없는 세상. 이제 내 의식은 가벼워졌다. 그것은 공기다. 공기는 장소도 시간도 갖지 않는다. 공기는 모든 것이 존재할 비非장소이다. 내가 쓰고 있는 건 공기의 음악이다. 세상의 형성. 그것은 앞으로 천천히 다가올 것이다. 그것은 앞으로 이미 그랬던 대로 될 것이다. 미래는 앞에, 뒤에, 그리고 양옆에 있다. 미래는 늘 존재했던 것이고 늘 존재할 것이다. 시간이 없어진다고 해도? 내가 당신에게 쓰고 있는 건 독해가 아니라 존재하기를 위한 것이다. 천사-존재들의 나팔 소리가 부재하는 시간 속에서 메아리친다. 첫 꽃이 공중에서 태어난다. 흙이라는 기반이 형성된다. 나머지는 공기, 나머지는 영원한 변이 속에 있는 느린 불이다. 시간이 존재하지 않으니 '영원'이라는 말도 존재하지 않는 걸까? 하지만 폭발은 존재한다. 그리고 나의 이 존재가 존재하기 시작한다. 시간이 시작되는 걸까?

문득, 살기 위해 질서가 필요하진 않다는 생각이 들었다. 따라야 할 패턴은 없으며, 패턴이라는 것 자체가 존재하지 않는다: 나는 태어난다.

나는 여전히 '그'나 '그녀'에 대해 이야기할 준비가 되지 않았다. 내가 선보이는 건 '저것'이다. 저것은 보편적인 법칙이다. 탄생과 죽음. 탄생. 죽음. 탄생, 그리고—세상의 호흡 같은 것.

나는 규칙적으로 맥동하는 순수한 그것이다. 하지만 곧 그나 그녀에 대해 이야기할 채비가 끝나리란 걸 느낄 수 있다. 나는 지금 여기서 당신에게 이야기를 해 주겠다고 약속하는 게 아니다. 대신에 그것에 대해 말할 것이다. 참을 수 있겠는가? 그것은 부드럽고, 굴이며, 태반이다. 나는 지금 농담하고 있는 게 아니다. 나는 동의어가 아니다—나는 이름 그 자체다. 내가 당신에게 쓰고 있는 글에는 그 전체를 관통하는 줄, 강철로 된 줄이 있다. 거기엔 미래가 있다. 그것은 오늘이다.

나의 광대한 밤은 태초의 잠복기 속을 흐른다. 손은 땅을 만짐으로써 그 고동치는 심장을 열렬히 청취한다. 나는 여자의 젖가슴을 가진 크고 새하얀 민달팽이를 본다: 저게 인간의 실체일까? 나는 종교 재판의 화형 불에 그것을 태운다. 나는 머나먼 과거의 어둠의 신비로움을 지녔다. 나는 말로는 표현할 수 없는 생명의 표식을 지닌 이 제물들의 고통으로부터 생겨난다. 4대 원소의 정령들, 난쟁이들, 도깨비들, 요정들이 나를 둘러싼다. 나는 마법 의식에 필요한 피를 모으기 위해 동물들을 희생시킨다. 나는 광란에 빠진 채 내 검은 영혼을 바친다. 그 의식은 나를, 의식을 수행하는 나를 두려움에 떨게 한다. 그리고 흐려진 정신이 물질을 지배한다. 야수가 이빨을 드러내고, 먼 허공에서는 화려한 카니발 수레를 매단 말들이 질주한다.

나의 밤에, 나는 세상의 은밀한 의미를 숭배한다. 입과 혀. 그리고 해방된 힘을 가진 자유로운 말馬. 나는 그 말의 발굽을 음란한 페티시즘 속에 가져다 둔다. 내 깊은 밤에는 미친 바람이 불어와 내게 비명의 파편들을 가져다준다.

나는 때아닌 관능이 가져다준 고통을 느끼고 있다. 나는 이른 시각에 열매를 가득 매단 채 잠에서 깬다. 누가 와서 내 삶의 열매를 딸까? 당신과 나 자신이 아니라면? 어째서 일어나기 직전의 일들이 이미 일어난 것처럼 느껴질까? 그건 시간의 동시성 때문이다. 그래서 나는 당신에게 여러 질문을, 정말 많은 질문을 던질 것이다. 왜냐하면 나는 하나의 질문이니까.

그리고 나는 나의 밤에 나를 지배하는 악을 느낀다. 이른바 아름다운 풍경이라는 건 내겐 그저 피로만을 불러일으킬 뿐이다. 내가 좋아하는 건 뜨겁게 달구어진 메마른 땅, 뒤틀린 나무들과 바위산, 흐리고 유예된 빛이 있는 풍경들이다. 그래, 거기에 숨겨진 아름다움이 들어 있다. 나는 당신 역시 예술을 좋아하지 않는다는 걸 알고 있다. 나는 타고나기를 단단하고, 영웅적이며, 혼자이고, 서 있다. 그리고 나는 그림 같지 않은, 아름답지 않은 풍경 속에서 나의 대위법을 발견했다. 추함은 내가 치르는 전쟁의 기치다. 나는 추한 것을 사랑하고 그건 자신과 같은 것을 향한 사랑이다. 그리고 나는 죽음에 저항한다. 나는—나는 나 자신의 죽음이다. 그리고 어느 누구도 그 이상 나아가지 않는다. 내 안의 야만인은 내 바깥에 있는 잔혹한 야만인이 되고자 한다. 나는 빛과 어둠 속에서 나를 보고, 그것은 화형대의 불길 속에서 흔들리는 사람들의 얼굴이다. 나는 단단한 기쁨을 안고 불타는 나무다. 나를 사로잡는 단 하나의 달콤함: 세상과의 공모. 나는 고통스럽게 짊어진 내 십자가를 사랑한다. 그건 내가 내 삶에서 해낼 수 있는 최소한의 일이다: 밤의 희생을 동정하듯 받아들이기.

그 기이함이 나를 장악한다: 그래서 나는 검은 우산을 펼쳐 든 채 춤의 향연 속으로, 별들이 반짝이는 그곳으로 뛰어든다. 내 안의 격렬한 신경, 그것이 뒤틀린다. 이른 시각이 다가와 핏기 없는 나를 발견할 때까지. 이른 시각은 거대하고 나를 먹어 치운다. 돌풍이 나를 부른다. 나는 돌풍을 따라가며 갈가리 찢긴다. 만일 내가 내 삶 속에서 펼쳐지는 펼쳐지는 게임 속으로 들어서지 않는다면, 내가 속한 종種이 자살할 때 내 삶 역시 사라져 버릴 것이다. 나는 불을 써서 내 삶의 게임을 지킨다. 나라는 존재와 세상이라는 존재가 더 이상 이성에 의해 지탱될 수 없을 때—그때 나는 스스로 풀려나 잠재돼 있던 진실을 따라갈 것이다. 진실이 입증된다면,

나는 그걸 알아볼 수 있을까?

나는 자신을 만들어 간다. 저 밑바닥에 이를 때까지, 나는 나 자신을 만든다.

세상 속의 나에 대해, 나를 인도하며 내게 세상 자체를 가져다주는 힘에 대해, 투명한 구조가 지닌 활기찬 관능성에 대해, 다른 굴곡진 형체들과 유기적으로 연결된 굴곡들에 대해 당신에게 말하고 싶다. 나의 필체와 나의 회전들은 강력하고, 여름에 불어오는 자유는 그 안에 치명성을 지녔다. 살아 있는 모든 것 안에 들어 있는 에로티시즘은 공중에, 바다에, 식물들 속에, 우리 안에 흩어져 있고, 또한 내 목소리의 열렬함 속에 흩어져 있어, 나는 목소리로 당신에게 글을 쓴다. 그리고 그 목소리에는 탄탄한 나무의 몸통과 뿌리가 지닌 활력이 있다. 그 뿌리는 수많은 자양분을 제공하는 방식으로 나무에게 반응하는 땅속에, 살아 있는 땅속에 묻혀 있다. 나는 밤에 그 에너지를 호흡한다. 그리고 이 모든 일은 환상적인 영역에서 일어난다. 환상적인: 세상이 내 마음이 구하는 모습과 일치하는 한순간. 나는 곧 죽을 것이며 새로운 구성 요소들을 조립해 세울 것이다. 나는 아주 서툴게 자신을 표현하는 중이다. 적절한 말이 떠오르지 않는다. 내 내면의 형상은 세심하게 정화되었지만, 아직 나와 세상 사이의 유대는 노골적이리만치 조잡하다. 자유로운 꿈들과 수많은 현실이 뒤섞여 있다. 나는 금지를 모른다. 그리고 나 자신의 힘이 나를 자유롭게 한다. 나에게 넘쳐흐르는 그 완전한 삶. 나는 삶이라는 직관적인 작업을 할 때는 아무런 계획도 세우지 않는다: 그 작업은 간접적이고 비공식적이며 예측할 수 없다.

이제 새벽, 나는 창백한 얼굴로 헐떡거린다. 내가 이뤄놓은 것들에도 불구하고 내 입은 바싹 말라 있다. 자연은 찬송가를 합창하고 나는 죽어 간다. 자연은 무엇을 노래하는가? 마지막 말, 앞으로 다시는 나로 변하지 않을 그 말 자신. 여러 세기가 나를 덮칠 것이다. 하지만 지금은 서로를 짓밟으며 끓어오르는 무거운 말들 속에서 육체와 영혼의 맹렬함이 모습을 드러낸다—그리고 어떤 야생의, 원시적인, 무기력한 무언가가 나의 늪에서 솟아오른다. 신에게 자신을 맡기려 하는 저주받은 식물. 더 많이 저주받을수록 신에게 더 가까워진다. 나는 내 안에서 스스로 깊어지면서 내가 피투성이의 생명을 원한다는 사실을 발견했다. 그 사실의 주술적 의미는 강렬함을 지니고, 그 강렬함은 빛을 지닌다. 그 은밀한 빛은 운명에 대한 앎으로부터 온다: 땅의 초석. 그것은 실제로 일어나는 삶이라기보다는 삶의 징조다. 나는 그것들 가운데 불경하지 않은 것들을 모두 몰아낸다. 나의 세상에서, 무언가를 행할 수 있는 작은 자유가 내게 주어졌다. 나는 오직 운명적인 움직임들을 수행할 때만 자유롭다. 나의 혼란은 은밀하게 하나의 법칙을 따르며, 나는 그 법칙 안에서 천문학과 수학과 기계학을 주술처럼 다룬다. 안개가 자욱한 맹독성 늪에서 나온 곤충들의 전례 의식. 귀에 거슬리는 소리들. 곤충들, 개구리들, 이들, 파리들, 벼룩들, 빈대들—이것들은 부패와 질병으로부터 발생한 유충에게서 태어난다. 그리고 곪아 썩어 가는 이것들이 나의 허기를 채워 준다. 내가 행하는 의식儀式은 힘을 정화하는 것이다. 하지만 밀림에는 악의 성질이 존재한다. 나는 피를 한 입 삼키고 그 피가 나를 가득 채운다. 나는 원반 모양을 한 태양의 침묵과 그 경이를 삼켜 버리는 소음을, 시끄러움으로 허공을 채우는 심벌즈와 트럼펫과 탬버린 소리를 듣는다. 나는 태양의 황금빛 실로 짠 망토를 원한다. 태양은 침묵이 지닌 마법 같은 장력이다. 나는 신비를 향해 가는 여정 속에서 태고의 시대를 그리워하는 식충식물의 소리를 듣는다: 그리고 나는 유해한 바람 아래에서 음란한 악몽을 꾼다. 나는 은밀한 목소리들에 매혹되고, 유혹당하고, 속박된다. 거의 해독할 수 없는 설형문자로 쓰인 비문들, 그것들은 잉태하는 법에 관해 이야기하고 어둠으로부터 힘을 얻는 공식들을 알려 준다. 그것들은 벌거벗은 채 기어 다니는 여자들에 관해 이야기한다. 일식은 은밀한 공포를 불러일으키면서도 마음의 찬란함을 널리 알린다. 나는 머리에 청동 왕관을 쓴다.

생각 너머에—심지어 그것 너머에—내가 어릴 때 보았던 천장이 있다. 나는 어린아이였다. 나는 갑자기 울고 있었다. 그것은 이미 사랑이었다. 어쩌면 울지조차 않았는지도 모른다. 나는 망을 보고 있었다. 천장을 자세히 살피고 있었다. 그 순간은 미지근한 내장들의 거대한 알이다.

이제 다시 새벽이다.

하지만 동이 틀 때, 나는 우리가 다음날의 동시대인들이라고 생각한다. 신께서는 저를 도우소서: 나는 길을 잃었다. 당신이 간절히 필요하다. 우리는 둘이어야만 한다. 그래야 밀이 높이 자랄 수 있다. 나는 너무 간절해서 멈추려 한다.

나는 조금 전에 태어났는데 희미해졌다.

수정은 쨍그랑거리고 반짝거린다. 밀은 익었다: 빵은 나눠져 있다. 그런데 그 빵은 달콤한가? 그걸 알아 두는 건 중요한 일이다. 나는 생각하지 않는다. 다이아몬드가 생각하지 않듯이. 나는 아주 맑게 빛난다. 내게는 허기와 갈증이 없다: 나는 존재한다. 나는 두 눈을 뜨고 있다. 없음을 향해. 천장을 향해.

나는 아다지오를 만들 것이다. 천천히, 평온하게 읽으라. 그건 드넓게 펼쳐진 프레스코화다.

태어남이란 이런 것이다:

해바라기들이 태양을 향해 천천히 화관을 돌린다. 밀이 익는다. 빵은 그 달콤함을 통해 먹힌다. 나의 충동은 나무뿌리의 충동과 연결된다.

탄생: 가난한 자들은 산스크리트어로 기도한다. 그들은 아무것도 요구하지 않는다: 그들은 마음이 가난한 자들이다. 탄생: 아프리카인들은 검고 어두운 피부를 가졌다. 많은 이들이 시바 여왕과 솔로몬 왕의 아들들

이다. 아프리카인들이 나를 잠재우고, 나는 새로이 태어나고, 그들은 길고 원시적인 이야기를 단조롭게 노래하기를, 자기들이 나가자마자 배우자의 어머니가 바나나 한 송이를 들고 온다고.

그들은 한탄을 담은 단조로운 사랑 노래도 부르는데 그 한탄은 나의 것이기도 하다: 당신이 내 사랑에 화답하지 않는다면 왜 내가 당신을 사랑할까? 내가 보낸 전갈은 답이 없고, 내가 당신에게 인사할 때 당신은 내게서 얼굴을 감추네, 당신이 나를 알아보지도 못한다면 왜 내가 당신을 사랑할까? 강에 목욕하러 간 코끼리들을 위한 자장가도 있다. 나는 아프리카인이다: 슬프고 드넓고 숲처럼 우거진 비가悲歌의 선율이 당신을 위해 노래하는 내 목소리 속을 흐른다. 백인들은 흑인들을 채찍으로 때렸다. 하지만 백조는 깃털에 물이 스며들지 못하도록 기름을 분비하고—마찬가지로 흑인들의 고통도 그들의 몸속으로 들어갈 수 없고, 아픔을 주지도 못한다. 당신은 고통을 쾌감으로 바꿀 수 있다—'딸깍' 한 번이면 충분하다. 검은 백조?

하지만 굶어 죽는 이들이 있는 와중에도 내가 할 수 있는 거라곤 태어나는 것뿐이다. 나의 긴 이야기는: 내가 그들을 위해 무엇을 할 수 있을까? 나의 대답은: 아다지오로 프레스코화를 그리는 것이다. 나는 침묵 속에서 굶주림에 시달릴 수도 있었지만, 콘트랄토[4]의 목소리가 나를 노래하게 했다—나는 둔탁하고 어둡게 노래한다. 그것은 혼자인 사람의 메시지다. 사람은 굶주림으로 인해 다른 사람을 먹는다. 하지만 나는 내 태반으로 허기를 채운다. 그렇다고 내 손톱까지 물어뜯지는 않을 것이다. 이건 고요한 아다지오니까.

나는 시원한 물을 마시기 위해 멈췄다: 이 지금-순간 두껍고 각진 크리스털 잔에서는 수천 개의 순간들이 빛나고 있다. 사물들은 정지된 시간일까?

아직 보름달이 떠 있다. 시계들은 멈췄고 거친 카리용[5] 소리가 벽을 타고 내려온다. 나는 손목에 시계를 찬 채 땅에 묻히고 싶다. 땅속에서도 시간을 고동치게 하는 무언가가 있었으면 하니까.

---

4) contralto. 여성 성악에서 가장 낮은 음역. 테너와 메조소프라노 사이에 위치한다.

5) carillon. 여러 개의 종을 음계 순서대로 달아놓고 치는 악기

나는 너무도 넓다. 나는 한결같고—나의 찬가는 깊디 깊다. 느리다. 하지만 솟아오른다. 여전히 솟아오르고 있다. 아주 많이 솟아오르면 보름달이 되고 고요가 되며 환영으로 이루어진 달의 흙이 될 것이다. 나는 시간을 관측하며 그것이 멈출 때를 기다린다. 내가 당신에게 쓰는 것들은 진지하다. 그것은 단단하고 불멸하는 물체가 될 것이다. 다가오고 있는 것은 예기치 못한 것이다. 쓸데없을 만큼 진실하기 위해, 나는 지금이 아침 여섯 시 십오 분이라는 걸 말해야겠다.

위험한 모험—나는 감히 새로운 땅을 발견하려 하고 있다. 인간의 발길이 닿지 않은 곳. 먼저 향기로운 식물질 속을 통과해야 한다. 언젠가 받았던 야향화夜香花가 테라스에 있다. 나는 나만의 향수를 만들기 시작할 것이다: 나는 이런 것들을 구입한다. 적절한 알코올과 이미 짓이겨진 무언가의 에센스, 그리고 특히 순수한 동물성 원료로 만들어졌을 보류제. 묵직한 사향. 이것은 아다지오의 마지막에 낮게 깔리는 화음이다. 나의 숫자는 9다. 7이다. 8이다. 그 모두는 생각 너머에 있다. 만일 이 모두가 존재한다면, 나도 있는 것이다. 하지만 왜 이렇게 불안할까? 그건 내가 모든 사람을 살아가게 만드는 단 하나의 방식에 따라 살고 있지 않으며, 심지어 그 방식이란 게 뭔지도 모르기 때문이다. 불편하다. 몸이 좋지 않다. 뭔지는 모르겠지만 뭔가가 잘못됐고 그것 때문에 불안하다. 그래도 나는 솔직하고 정정당당하다. 나는 내 패를 보여 준다. 그저 내 삶에 관한 사실들을 말하지 않을 뿐이다: 나는 비밀스러움을 타고 났다. 그래서 문제될 게 있는가? 나는 그저 내가 속임수를 쓰고 싶어 하지 않는다는 걸 알고 있을 뿐이다. 나는 거절한다. 나는 나 자신을 깊어지게 했지만 스스로를 믿진 않는다. 내 생각은 지어낸 것이니까.

나는 이미 '그'나 '그녀'를 준비할 수 있다. 아다지오는 그 끝에 다다랐다. 그래서 나는 시작한다. 나는 거짓을 말하지 않는다. 나의 진실은 크리스털 샹들리에의 장식처럼 반짝인다.

하지만 그것은 숨겨져 있다. 나는 그 상황을 견딜 수 있다. 나는 강하니까: 내 태반을 먹었으니까.

하지만 세상 모든 것은 부서지기 쉬운 것들이다. 나는 망연자실한다. 나는 비밀을 먹고 살며, 그 비밀은 환한 광선 속에서 반짝이며, 만일 내가 거짓 확신이라는 무거운 망토로 그 빛을 덮지 않는다면 그것이 나를 어둡게 만들 것이다. 신께서는 저를 도우소서: 나를 인도하는 이 아무도 없고 다시 어둠이 찾아왔으니.

나는 다시 태어나기 위해 또 죽어야만 할까? 받아들이겠다.

나는 내 알려지지 않은 부분 속으로 돌아갈 것이고, 다시 태어나면 '그' 혹은 '그녀'에 대해 말할 것이다. 일단은, 지금 나를 지탱하는 건 '저것'이며 그건 곧 '그것'이다. 자신으로부터 하나의 존재를 창조해 내는 건 매우 중대한 일이다. 나는 자신을 창조하고 있다. 그리고 우리는 이런 일을 한다. 우리 자신을 찾아내기 위해 완전한 어둠 속을 걷기. 그건 아프다. 하지만 그 아픔은 산고와도 같으니: 어떤 것이 태어난다. 그것 자체가. 그건 마른 돌멩이처럼 단단하다. 하지만 그 중심부는 부드럽고 살아 있는, 필멸하는, 위태로운 그것이다. 기초 물질의 생명.

신은 이름이 없으므로 나는 그에게 심프타Simptar라는 이름을 줄 것이다. 그 단어는 어느 언어에도 속하지 않는다. 나 자신에게는 암프탈라Amptala라는 이름을 줄 것이다. 내가 아는 한 그런 이름들은 존재하지 않는다.

어쩌면 산스크리트어 이전의 언어, 그것 언어 속에는 있었는지도 모른다. 나는 시계의 똑딱거림을 듣는다: 그래서 서두른다. 똑딱거림은 그것이다.

나는 이다음 순간에 곧바로 죽지는 않을 거라고 생각한다. 의사에게 철저히 검진을 받았는데 완벽하게 건강하다는 결과가 나왔으니까. 보았는가? 그 순간은 지나갔고 나는 죽지 않았다. 나는 관에 들어가서라도 땅에 묻히고 싶다. 상 주앙 바티스타 공동묘지에 있는 벽 같은 곳에 보관되고 싶지 않다. 그 공동묘지는 땅에 더 이상 자리가 없어지자 서류 캐비닛처럼 시신을 보관하는 끔찍한 벽을 고안해 냈다.

지금은 하나의 순간이다. 당신은 그걸 느끼는가? 나는 느낀다.

공기는 '그것'이고 향기가 없다. 나는 그런 것도 좋아한다. 하지만 나는 야향화가 풍기는 사향 냄새를 좋아하고, 그건 그 달콤한 향기가 달을 향한 투항이기 때문이다. 나는 작은 선홍색 장미로 만든 젤리를 먹어 보았다: 그 맛은 괴롭지만 우리에게 축복을 준다. 그 맛을 어떻게 말로 재생할 수 있을까? 그 맛은 하나이고 말들은 많다. 음악은 어디로 가는가? 음악에서 구체적인 것은 오직 악기뿐이다. 나는 생각을 훨씬 넘어선 곳에 음악이라는 배경을 지니고 있다. 하지만 그보다 더 먼 곳에 고동치는 심장이 있다. 따라서 가장 심오한 생각은 고동치는 심장이다.

나는 생명과 함께 죽고 싶다. 맹세코, 나는 죽을 때 그 마지막 순간으로부터 이득을 얻을 것이다. 내 안에는 언제일지는 모르되 다시 태어날 심오한 기도가 있다. 그래서 나는 건강하게 죽고 싶다. 폭발하는 사람처럼. 이클라트[6]가 낫겠다: 주이클라트[7]. 지금은 당신과의 대화가 있다. 그다음엔 독백이 될 것이다. 그다음엔 침묵. 나는 순서가 있을 것임을 안다.

혼돈은 스스로 준비를 마친다. 마치 전자 음악을 연주하기 전에 조율을 마친 악기들처럼. 나는 즉흥 연주를 하고, 그 즉흥 선율은 푸가의 아름다움을 지녔다. 내 안에서 아직 오지 않은 기도의 고동이 느껴진다. 나는 나를 적시지 않으면서도 내게서 흘러넘칠 사실들을 요구하게 될 듯하다. 나는 죽음의 거대한 침묵을 마주할 준비가 되어 있다. 나는 자러 갈 것이다.

일어났다. 최후의 일격이 있었다. 왜냐하면 나는 자신을 방어하는 데 지쳤기 때문이다. 나는 결백하다. 게다가 좀 모자랄 정도로 순진한데, 그건 아무런 보장도 없이 투항했기 때문이다. 나는 **질서**에 따라 태어났다. 나는 완전히 고요하다. 나는 **질서**에 따라 호흡한다. 나에겐 나만의 생활 양식이 없다: 나는 인격을 넘어선 세계에 도달했고, 그건 너무도 힘든 일이다. 이 **질서**는 곧 내게 최대치를 뛰어넘으라고 명령할 것이다. 그걸 견디지 못하는 사람들이 있다: 그들은 구토한다. 하지만 나는 피에 익숙하다.

내 안 깊숙한 곳에서 들리는 음악은 얼마나 아름다운지. 그것은 허공에서 교차하는 기하학적인 선들로 이루어졌다. 그건 실내악이다. 실내악에는 멜로디가 없다. 그것은 침묵을 표현하는 방식이다. 나는 당신에게 실내글을 보내고 있다.

그리고 내가 시도하고 있는 이 글은 하나의 몸부림이

---

6) éclate. 프랑스어로 '터지다'라는 의미

7) j'éclate. 프랑스어로 '나는 터진다'는 의미

다. 나는 두렵다. 왜 공룡들은 지구에 살았을까? 하나의 종은 어떻게 멸종할까?

나는 마치 비몽사몽간인 것처럼 글을 쓰고 있었음을 알아차린다.

왜냐하면 갑자기 깨달았던 것이다. 그 오랫동안 나는 아무것도 이해하지 못했었다는 사실을. 내 칼의 날이 무뎌지고 있는 걸까? 그렇다기보다는 지금 내가 보고 있는 게 왜 어려운 건지 이해하지 못하는 듯하다: 나는 새로운 현실에 슬그머니 접촉하고, 그 현실에 상응하는 생각이나 그것을 표현할 수 있는 말은 하나도 갖고 있지 않다—그것은 생각 너머에 있는 감각이다.

그리고 여기가 악이 나를 지배하는 곳이다. 나는 여전히 잔인한 메디아와 페르시아의 여왕인 동시에, 미래를 향해 도개교처럼 스스로를 내던지는 느린 진화이기도 하다. 나는 그 미래에서 새어 나온 희뿌연 안개를 이미 들이마시고 있다. 나를 둘러싼 기운은 삶의 신비로 이루어져 있다. 나는 내 이름을 포기하며 자신을 뛰어넘고, 그래서 나는 세상이다. 나는 하나의 목소리만 가진 채로 세상의 목소리를 따라 한다.

내가 당신에게 쓰는 것에는 시작이 없다: 연속뿐이다. 이 성가, 내 것이자 당신의 것인 성가에 담긴 말들에는 그 구절을 초월한 곳에서부터 쏟아지는 후광이 드리워 있는데, 당신은 그걸 느끼는가? 나는 이미 느꼈었는데, 그건 사물들에 드리운 후광을 간신히 그려 냈을 때였다. 후광은 사물들과 말들보다 중요하다. 후광은 아찔하다. 나는 그 말을 버려진 공허 속으로 내던진다: 그 말은 마치 하나의 가느다랗고 단일한 덩어리, 그림자를 떨어뜨리는 덩어리 같다. 그것은 선언하는 나팔이다. 후광은 그것이다.

나는 동물들의 그것을 다시 느낄 필요가 있다. 나는 오랫동안 원초적인 동물의 삶과 접촉하지 못했다. 나는 동물들을 연구해야 한다. 내가 그것을 붙잡으려 하는 건 독수리나 말을 그리기 위해서가 아니라 거대한 독수리 날개를 펼친 말을 그리기 위해서다.

동물들과 신체적인 접촉을 하거나, 아니면 단순히 동물들을 쳐다보기만 해도 내 온몸은 전율한다. 동물들은 나를 환상에 빠뜨린다. 동물들은 스스로를 측정하지 않는 시간이다. 나는 인간이 아닌 생물들, 자유롭고 불굴하면서도 나와 같은 본능들을 지닌 생물들에게 어떤 특별한 공포를 느끼는 듯하다. 동물은 어떤 무엇을 다른 것으로 대체하지 않는다. 절대로.

동물들은 웃지 않는다. 개들의 경우엔 가끔 웃지만 말이다. 개들의 웃음은 기쁨에 찬 기대감으로 흔드는 꼬리, 헐떡거리는 입, 그리고 반짝이기 시작하면서 관능성을 더해 가는 눈을 통해 전해진다. 하지만 고양이는 절대 웃지 않는다. 내가 아는 어떤 '그'는 고양이와 더 이상 관계를 맺고 싶어 하지 않는다. 주기적으로 발광하는 암고양이를 키운 뒤로는 고양이라면 진저리를 내게 된 것이다. 그 암고양이는 발정이 나면 절대적인 본능의 힘을 못 이겨 한참이나 구슬프게 야옹거리다가 지붕에서 땅으로 몸을 던져 자해했다.

가끔 나는 동물을 보면 감전된 기분을 느낀다. 나는 지금 내 안에서 새어나오는 선대의 울음소리를 듣는다: 나는 이제 그게 무엇인지 알지 못하는 듯하다. 어떤 생물인지, 동물인지 아니면 나인지. 그렇게 나는 완전한 혼란에 빠진다. 마치 두려워하는 것 같다. 동물이라는 존재 앞에 서면 그간 억눌렀던 내 본능들을 모두 받아들이게 될까 봐.

내가 알던 '그녀'가 있었다. 그녀는 동물들을 인간화하고 그들에게 말을 걸었으며, 그녀 자신의 성격을 동물들에게 부여했다. 나는 동물들을 인간화하지 않는다. 그건 하나의 모욕이기 때문이다—우리는 동물들의 본성을 존중해야만 한다—나는 자신을 동물화하는 인간이다. 그건 어렵지 않아서 간단히 이룰 수 있다. 그저 그것에 맞서 싸우지 않기만 하면 된다. 순순히 투항하는 것이다.

'순간'에게 투항하는 것보다 어려운 일은 없다. 그 어려움은 인간적인 고통이다. 그 어려움은 우리의 몫이다. 나는 말들에게 항복하고 그림을 그릴 때 항복한다.

반쯤 오므린 손으로 작은 새를 쥐고 있는 건 끔찍한 일이다. 떨리는 순간들을 손에 쥐고 있는 것이나 다름없다. 겁에 질린 작은 새는 정신없이 수천 번쯤 날개를 퍼덕이고, 당신은 사투를 벌이는 그 가녀린 날개들을 손에 쥐고 있음을 문득 깨닫고는 갑자기 그걸 견딜 수 없어지고, 반쯤 오므린 손을 얼른 펼쳐 그 가벼운 포로를 풀어 준다. 아니면 얼른 주인에게 넘겨주어 주인이 그 새를 상대적으로 더 큰 자유가 있는 새장 안에 넣게 한다. 새들—나는 그들이 나무에 앉아 있거나 내 손에서 멀리 떨어져 날고 있기를 바란다. 어쩌면 언젠가는 새들과 친해져서 그들의 가벼운 존재에 기쁨을 느끼게 될지도 모른다. "그들의 가벼운 존재에 기쁨을 느낀다"는 구절은 완전한 문장을 써낸 기분을 맛보게 하는데, 왜냐하면 있는 그대로를 정확히 말하고 있기 때문이다: 새들의 떠오름.

나는 동굴들 속에 있는 올빼미들을 그려 보긴 했지만, 올빼미를 가질 생각은 해 본 적이 없다. 하지만 어떤 '그녀'는 산타 테레사 숲의 땅바닥에서 어미를 잃고 홀로 남은 새끼 올빼미를 발견했다. 그녀는 그 올빼미를 집으로 데려왔다. 그녀는 올빼미를 안아 주었다. 그녀는 그것을 먹였고 정답게 속삭여 주었으며, 결국 올빼미가 날고기를 좋아한다는 걸 알게 되었다. 당신은 올빼미가 자라자마자 도망쳤으리라 예상했겠지만, 녀석은 그 광기 어린 종에 속한 동족들과 합류하는 일, 즉 자신의 운명을 찾아가는 일을 서두르지 않았다: 좋아하게 된 것이다, 그 악마 같은 새가, 그 소녀를. 그러다 훌쩍 날아오른 그것은 마치 자신과 싸우기라도 하듯 스스로를 해방시켜 세상 깊숙한 곳으로 들어갔다.

나는 초원에서 야생마들을 보았다. 그곳에서는 밤이

되면 흰 말이—자연의 왕이—영광을 담은 긴 울음을 하늘 높이 내지른다. 나는 야생마들과 완벽한 관계를 맺었다. 나는 말과 똑같은 오만함을 지니고 서서 그 적나라한 털을 손으로 쓰다듬었다. 그 거친 갈기를 쓰다듬었다. 내가 받았던 느낌: 여자와 말.

나는 옛이야기들을 알고 있지만, 지금 그 이야기들은 스스로를 고쳐 쓰고 있다. '그'가 나에게 들려준 이야기, 한때 그는 눈으로 뒤덮인 저 높은 피레네산맥 골짜기에 있는 작은 마을에 살았다. 몇몇 가족과 함께였다. 겨울이면 굶주린 늑대들이 먹이를 찾아 산에서 마을로 내려왔다. 마을 주민들은 양과 말, 개, 염소들을 집 안으로 대피시키고 빗장을 단단히 질렀다. 인간의 온기와 동물의 온기—모두 잔뜩 긴장한 채 늑대들이 발톱으로 문을 긁는 소리를 듣고 있었다. 귀 기울여. 귀 기울여.

나는 우울이다. 지금은 아침이다. 하지만 나는 순수한 아침들의 비밀을 안다. 그리고 나는 우울 속에서 느긋해진다.

나는 장미의 이야기를 안다. 동물들 이야기를 하다가 장미 이야기를 꺼내다니, 당신에겐 이상해 보일까? 하지만 장미가 내게 끼친 영향은 동물의 신비를 떠올리게 했다. 나는 이틀마다 장미 한 송이를 사다가 줄기가 긴 꽃 한 송이를 꽂기 위해 특별히 가늘게 만들어진 화병의 물속에 두었다. 이틀이면 장미는 시들고 나는 그것을 다른 장미로 갈았다. 그 장미가 등장할 때까지는. 그 꽃이 지닌 장미색, 가장 생생한 그 장미색은 착색이나 접붙이기 없이 얻은 것, 그저 타고난 것이었다. 그 장미의 아름다움은 마음을 커다랗게 넓혀 주었다. 그 장미는 한껏 부풀어 오른 자기 모습을, 활짝 열린 화관과 꽃잎들을 몹시도 자랑스러워하는 듯했고, 그 오만함이 그것을 거의 꼿꼿이 세워 주는 듯했다. 거의라고 말한 건 완전히 꼿꼿하진 않았기 때문이다: 그것은 가녀린 자신의 줄기를 향해 우아하게 굽어 있었다. 나는 그 꽃과 친밀하고 강렬한 관계를 맺어 갔다: 나는 그녀에게 감탄했고 그녀도 그걸 느끼는 듯했다. 그녀는 자신을 발현시킴으로써 영예로워졌고, 너무도 큰 사랑의 시선을 받았기에 며칠이 흘러도 시들지 않았다: 갓 피어난 꽃처럼, 그녀의 화관은 활짝 열린 채 탱탱하고 싱싱한 상태를 유지했다. 그녀는 일주일 내내 아름다움과 생명을 지켰다. 그러고 나서야 피로의 기색을 보이기 시작했다. 그리고 죽었다. 나는 마지못해 장미를 치웠다. 그리고 절대로 잊지 않았다. 이상한 일은, 우리 집 가정부가 뜬금없이 내게 이렇게 물은 것이다: "그리고 그 장미는요?" 나는 어떤 장미를 말하는 거냐고 묻지 않았다. 이미 알고 있었으니까. 사랑받으며 오래 산 그 장미가 가정부의 기억에 남은 건 그녀가 목격한 것 때문이었다. 가정부는 내가 그 꽃을 어떤 눈빛으로 바라보는지, 또 내 에너지의 파동을 장미에게 어떻게 전달하는지 지켜보면서 나와 장미 사이에 뭔가가 있다고 맹목적으로 직감한 것이다. 그 장미는—사물들에게 자주 이름을 붙이는 나는 그 장미를 '내 삶의 보석'이라고 부르고 싶었다—타고난 본능이 매우 강했고, 덕분에 나와 그녀는 서로 더욱 깊이까지 살아갈 수 있었으며, 그건 짐승과 사람 사이에서만 일어날 수 있는 일이었다.

나의 은밀한 노스탤지어는 동물로 태어나지 않았다는 것이다. 그들은 가끔 여러 세대世代 떨어진 먼 곳에서 울부짖고, 그러면 나는 점점 불안해하는 것 말고는 아무런 반응도 하지 못한다. 그것은 부름이다.

이 자유로운 공기, 이 바람은 내 얼굴의 영혼을 때린다. 황홀경, '언제나인 동시에 새로운' 황홀경을 흉내 내며 괴로워하는 그 영혼을. 나는 늘 새로이, 매번 거꾸러진다, 내가 죽어 마지막 침묵을 이룰 때까지 끝없이 추락하게 될 바닥없는 것 속으로. 오 시로코[8], 나는 너를 죽어도 용서하지 못하리라, 너는 내게 손상된 기억들을 가져오고, 그것은 살았던 것들에 관한 기억이니, 슬프구나, 그 기억들은 스스로의 형상을 바꾸어가면서까지 늘 자신을 되풀이해 왔으니. '살았던 것'은 미래처럼 나를 두렵게 한다. 살았던 것, 마치 지나간 것들과 같은, 아무런 실체도 없는, 순전한 추측.

이 순간의 나는 다음 순간을 기다리는 흰 공백이다. 시간을 잰다는 것, 그것은 그저 최선의 추정에 지나지 않는다. 하지만 존재하는 것은 무엇이든 사라지기 쉽고, 이는 우리에게 영원하고 불변하는 시간을 재도록 강요한다. 시간은 결코 시작하지 않았고 결코 끝나지 않을 것이다. 결코.

나는 침대에서 죽어 가며 이렇게 절규한 어느 '그녀'의 이야기를 들었다: 내 빛이 꺼져 가고 있어! 다행히 혼수상태가 찾아오면서 그녀는 육신에서 해방되었고, 죽음의 공포에 시달리지 않게 되었다.

나는 당신에게 글을 쓰기에 앞서 내 온몸에 향수를 뿌린다.

나는 당신을 샅샅이 알고, 그건 내가 당신을 샅샅이 살았기 때문이다. 삶은 내 안에서 심오하다. 새벽은 깊은 꿈들의 밤을 살아 내느라 창백해진 나를 발견한다. 물론 가끔은 칠흑처럼 검푸른 심연을 덮고 있는 투명한 물 위를 떠다닐 때도 있지만 말이다. 덕분에 나는 당신에게 글을 쓴다. 무성한 해초들의 일렁임 위에서, 다정한 사랑의 샘 속에서.

나는 죽을 것이다: 화살을 놓기 직전의 활과 같은 팽팽한 긴장. 나는 궁수자리라는 성좌를 기억한다: 반인반마. 고전적인 엄숙함을 지닌 그 인간 부분은 활과 화살을 쥐고 있다. 그 화살은 언제라도 날아가 과녁을 맞힐 수 있다. 나는 내가 과녁을 맞힐 것임을 안다.

이제 나는 손이 이끄는 대로 쓰려 한다: 손이 무엇을 쓰든 그걸 다듬지 않을 것이다. 순간과 나 사이에 시차가 생기지 않도록 하기 위해서다: 나는 순간의 핵 속에서 행동한다. 그래도 얼마간의 시차는 존재한다. 그것은 이런 식으로 시작된다: 사랑이 죽음을 지연시키듯

---

8) sirocco. 아프리카에서 유럽 남부로 향하는 뜨거운 바람

이, 그리고 나는 그 말이 무슨 뜻인지 모른다. 나는 이해로부터 해방된 삶을 살게 해 주는 나의 몰이해를 믿으며, 나는 친구들을 잃었고, 나는 죽음을 이해하지 못한다. 끔찍한 의무, 그것은 끝을 향해 가는 것이다. 그러면서 아무에게도 의지하지 않는 것이다. 스스로 자신의 삶을 사는 것. 스스로를 좀 더 무디게 만들기 위해 그만큼의 고통을 겪는 것. 더 이상 세상의 슬픔들을 짊어지고 갈 수는 없으니까. 만일 내가 다른 사람들의 상태와 기분을 고스란히 느낀다면, 그때 나는 무엇을 할 수 있을까? 나는 그들을 살지만 이젠 힘이 없다. 나는 어떤 것들에 대해서는 심지어 나 자신에게조차도 말하고 싶지 않다. 그건 '그저 있음'을 배반하는 일이 될 테니까. 나는 얼마간의 진실들을 안다고 느낀다. 내가 이미 예견했던 것들. 하지만 진실들은 말을 갖고 있지 않다. 진실들, 아니면 진실? 나는 신에 대해 이야기하지 않을 것이다. 신은 나의 비밀이다. 오늘 태양이 빛나고 있다. 해변은 시원한 바람과 자유로 가득했다. 그리고 나는 혼자였다. 아무도 필요치 않았다. 나는 내가 느끼는 걸 당신과 공유해야 하고, 그건 힘든 일이다. 고요한 바다. 하지만 의심하며 망을 본다. 마치 그런 고요가 오래 지속될 리 없다는 듯이. 무언가가 늘 일어나려고 한다. 예기치 못한 것, 즉흥적이고 치명적인 것이 나를 홀린다. 당신과 시작한 소통은 너무나도 강렬하고, 덕분에 나는 아직 존재하고 있으면서도 있기를 멈추었다. 당신은 내가 되었다. 말할 수 없는 것들을 말하는 건 무척 힘든 일이다. 너무 조용하다. 우리 둘의 진정한 마주침에 깃든 정적을 어떻게 말로 옮길 수 있을까? 설명하기가 너무 힘들다: 나는 잠시 당신을 똑바로 응시했다. 그런 순간들이 나의 비밀이다. 거기엔 소위 완벽한 교감이라는 게 있었다. 나는 그걸 예리하게 벼려진 행복이라고 부른다. 나는 끔찍하리만치 명료하고, 아마도 더 높은 단계의 인간성에 도달한 듯하다. 혹은 비인간성에 도달한 듯하다—그것에.

내가 무의식적인 본능에 따라 하는 일은 말로 표현될 수 없다.

나는 당신에게 글을 쓰면서 무얼 하고 있는 걸까? 향기를 사진에 담으려 하고 있다.

나는 작업실의 열린 창가에 앉아 당신에게 글을 쓰고 있다.

나는 당신에게 책의 복제품을, 글 쓰는 법을 모르는 사람이 쓴 책을 쓰고 있다. 하지만 그건 내가 말하기의 가장 가벼운 영역에서 말하는 법을 거의 모르기 때문이다. 특히 당신에게 글로 말하는 법은 알 도리가 없는데, 왜냐하면 나는 당신이 내 목소리의 청취자(비록 무척 산만하기는 해도)라는 점에 익숙해졌기 때문이다. 나는 그림을 그릴 때 내가 사용하는 재료를 존중한다. 그것이 지닌 근본적인 운명을 존중한다. 그래서 나는 당신에게 글을 쓸 때 음절들을 존중한다.

무엇이 오고 있는지 지켜보는 새로운 순간. 하지만 보는 순간에 대해 이야기할 때면 나는 그 순간보다 장황해지고 만다: 하나의 응시 속에 담긴, 그 하나의 재빠른 복잡성을 다 펼쳐 다루기도 전에 많은 순간이 지나가 버릴 것이다.

나는 내 숨에 맞추어 당신에게 글을 쓰고 있다. 나는 내 그림에서처럼 늘 신비로울 수 있을까? 왜냐하면 당신은 끔찍할 정도로 명시적인 것만을 원하는 것 같기 때문이다. 나는 명시적인가? 별로 신경 쓰지 않는다. 이제 한 대 피워야겠다. 어쩌면 다시 타자기 앞으로 돌아올 수도 있고 여기서 영원히 중단할 수도 있다. 나, 단 한 번도 탐탁지 못했던 인간.

돌아왔다. 나는 거북에 대해 생각하고 있다. 언젠가 나는 순전히 직감으로 거북이 공룡류의 동물이라고 말한 적이 있다. 나중에 어디선가 읽었는데 진짜였다. 나는 별난 생각들을 한다. 언젠가는 거북들을 그려야겠다. 그것들은 정말 많은 흥미를 불러일으킨다. 모든 살아 있는 존재들은, 인간을 제외하면, 경악할 만한 스캔들이다: 우리가 신의 형상을 본떠 만들어진 후, 많은 재료가 남아돌았다—'그것'—그래서 짐승들이 빚어졌다. 왜 거북인가? 어쩌면 내가 당신에게 쓰고 있는 글의 제목은 질문의 형태여야 하지 않을까 싶다. 말하자면 이런 식으로: "거북들은 어떤가?" 내 글을 읽는 당신은 이렇게 말할 것이다: 하긴 그래. 내가 거북이들에 대해 생각해 본 건 참 오래전이네.

나는 갑자기 너무 괴로워졌고, 그래서 이 정도로 됐다고 선언하고 끝낼 수도 있다. 당신에게 쓰고 있는, 맹목적인 말들로 꾸려진 이 글을. 신을 믿지 않는 사람들에게도 신성한 절망의 순간이 온다: 신의 부재는 하나의 종교적 행위다. 이 순간 나는 신에게 도움을 청하고 있다. 나는 요구한다. 인간의 힘 이상을 요구한다. 나는 강하지만 동시에 파괴적이기도 하다. 내가 신에게로 가지 않았으니 신이 내게로 와야만 한다. 신이 오게

하라: 부디. 비록 내겐 그럴 자격이 없지만. 오라. 혹은, 어쩌면 신을 영접할 자격이 가장 부족한 자들이야말로 신을 가장 필요로 하는지도 모른다. 나는 불안하고 거칠며 아무런 가망이 없다. 내 안에는 사랑이 있지만 나는 사랑을 사용할 줄 모른다. 가끔은 사랑이 가시처럼 생채기를 낸다. 내가 너무도 많은 사랑을 받아들였는데도 불안하다면, 그건 신이 나에게 와야만 하기 때문이다. 너무 늦기 전에 오라. 나는 살아 있는 자들이 모두 그렇듯 위험에 처해 있다. 그리고 내가 기대할 수 있는 건 내가 예상할 수 없는 것들뿐이다. 하지만 나는 안다. 나는 죽기 전에 평화를 누릴 것이고 또 언젠가는 삶의 섬세함을 맛보게 될 것이다. 나는 그 맛을 알게 될 것이다—우리가 음식의 맛을 먹고 그것을 사는 것처럼. 내 목소리가 당신 침묵의 심연으로 떨어진다. 당신은 침묵 속에서 내 글을 읽는다. 하지만 나는 이 무한한 침묵의 장에서 날개를 펼쳐 자유롭게 살아갈 수 있다. 그리하여 나는 최악을 받아들이고 죽음의 핵심으로 들어선다. 그게 내가 살아 있는 이유다. 느낄 수 있는 핵심. 그리고 그것은 나를 전율케 한다.

이제 나는 존재하는 것의 질서를 더 잘 느끼기 위해 꽃들의 슬픔에 관해 이야기할 것이다. 그러기 전에 나는 당신에게 기꺼운 마음으로 꿀을 주려 한다. 여러 꽃들이 갖고 있는, 곤충들이 탐욕스럽게 찾아다니는 달콤한 즙 말이다. 암술은 꽃의 암기관으로, 주로 중심에 자리하며 씨앗의 시작을 품는다. 꽃가루는 수술에서 만들어진 다음 꽃밥에 보관되는 수정용 가루다. 수술은 꽃의 수기관으로, 암술머리 아래쪽을 둘러싼 꽃밥과 수술대로 이루어져 있다. 수정은 생식의 두 요소—암과 수—가 결합하는 것이며 거기서 열매가 나온다. "주 하느님께서는 동쪽에 있는 에덴에 동산 하나를 꾸미시어, 당신께서 빚으신 사람을 거기에 두셨다." (창세기 2장 8절)

나는 장미를 그리고 싶다.

장미는 자신을 모두 내어주는 여성 꽃이어서, 그녀에게 남는 건 오직 자신을 내어주었다는 기쁨뿐이다. 장미의 향기는 광적인 신비다. 깊이 들이마시면 심장 깊숙이 닿아 온몸에 향기가 퍼진다. 장미가 자신을 열어 여자가 되는 방식은 너무도 아름답다. 장미 꽃잎은 입 안에서 좋은 맛을 낸다—당신도 먹어 보면 안다. 장미는 그것이 아니라 그녀다. 붉은 장미는 엄청난 관능이다. 흰 장미는 신의 평화다. 흰 장미를 꽃집에서 발견하는 건 매우 드문 일이다. 노란 장미는 행복한 놀람이다. 분홍 장미는 대체로 더 싱싱하며 완벽한 색깔을 지닌다. 오렌지색 장미는 접붙이기로 만들어지며 성적 매력을 풍긴다.

주목하라, 그러면 내가 호의를 베풀어: 당신을 새 왕국으로 초대할 것이다.

카네이션은 짜증에서 나오는 공격성을 지닌다. 꽃잎 끄트머리가 거칠고 오만하다. 카네이션의 향기에는 치명적인 데가 있다. 붉은 카네이션은 격정적인 아름다움 속에서 외친다. 흰 카네이션은 죽은 아이의 작은 관을 연상시킨다—그 향기는 자극적이고 우리는 공포에 차서 고개를 돌린다. 카네이션을 어떻게 캔버스에 옮겨 심을까?

해바라기는 태양의 훌륭한 자식이다. 그래서 자신을 만들어 준 존재를 향해 그 커다란 얼굴을 돌릴 줄 안다. 태양이 아버지인지 어머니인지는 상관없다. 나도 모른다. 나는 해바라기가 여성 꽃인지 남성 꽃인지가 궁금하다. 남성인 것 같다.

제비꽃은 내향적이며 자아를 깊이 성찰한다. 사람들은 제비꽃이 겸손해서 숨는다고 말한다. 그건 사실이 아니다. 제비꽃은 자신의 비밀을 포착하기 위해 숨어 있다. 그 거의-없는-향기는 억제된 영광인데, 그러면서도 한편으로는 사람들에게 자신을 찾아봐 달라고 요구한다. 제비꽃은 향기로 소리치지 않는다. 제비꽃은 말할 수 없는 가벼운 것들을 말한다.

밀짚꽃은 영원히 죽어 있다. 이 꽃의 건조함은 영원을 열망한다. 그리스에서 이 꽃의 이름이 의미하는 것: 황금 태양. 데이지는 작고 행복한 꽃이다. 이 꽃은 단순하고 솔직하다. 꽃잎은 한 겹뿐이다. 그 중심부는 아이들의 놀이다.

아름다운 난초는 절묘하고 불쾌하다. 자연스럽질 못하다. 유리 지붕이 필요하다. 하지만 이 꽃은 부인할 수 없을 만큼 아름다운 여인이다. 착생식물이기에 고상하다는 점 역시 부인할 수 없다. 착생식물은 다른 식물 위에서 태어나지만 그 식물에서 영양분을 얻지는 않는다. 내가 난초를 불쾌한 꽃이라고 말한 건 거짓말이다. 나는 난초를 무척 좋아한다. 그들은 만들어짐으로써 태어난다. 그들은 태어나는 예술이다.

네덜란드에서 튤립은 튤립일 뿐이다. 진기한 튤립이란 건 없다. 튤립은 존재하기 위해 탁 트인 벌판을 필요로 한다.

수레국화는 밀 사이에서만 자란다. 그들은 겸손하면서도 다양한 형태와 색깔로 나타나는 대담성을 지녔다. 수레국화는 성서에 나온다. 스페인의 성탄 구유 속에서, 그 꽃은 밀 줄기들과 분리되지 않는다.[9] 수레국화는 고동치는 작은 심장이다.

그러나 안젤리카는 위험하다. 안젤리카는 예배당의 향기를 지녔다. 그것은 황홀경을 가져다준다. 성찬식의 빵을 연상시킨다. 많은 사람이 그 꽃을 먹음으로써 강하고 신성한 향을 입 안 가득 채우고 싶어 한다.

재스민은 연인들을 위한 꽃이다. 이 꽃은 지금 생략 부호를 넣고 싶게 만든다. 연인들은 서로의 손을 잡은 채 걸으며 팔을 흔들고, 재스민의 향기로운 거의-소리에 이끌려 서로에게 부드럽게 키스한다.

극락조화는 완전히 남성적이다. 사랑과 건강한 자존심에 기반한 공격성을 지녔다. 수탉의 볏과 울음소리를 가진 듯하다. 극락조화는 동이 트기를 기다리지 않는다. 당신의 아름다움이 지닌 폭력.

야향화는 보름달의 향기를 지녔다. 환상적이고 약간 섬뜩한 이 꽃은 위험을 좋아하는 사람들을 위한 꽃이다. 밤에만 피며 아찔한 향기를 낸다. 야향화는 조용하다. 인적 없는 길모퉁이나 어둠 속, 불이 꺼지고 창문이 닫힌 집들의 정원에 있다. 이 꽃은 매우 위험하다: 이것은 어둠 속의 휘파람이며 아무도 그 소리를 견딜 수 없다. 하지만 나는 위험을 사랑하기에 그걸 견딜 수 있다. 즙이 가득한 선인장꽃에 대해 말하자면, 크고 향기로우며 색깔이 강렬하다. 그토록 즙이 많은 건 사막 식물 특유의 한풀이다. 선인장꽃은 불모의 횡포를 견디며 피어난 찬란한 존재다.

에델바이스는 이야기할 필요도 없다. 3,400미터 고도에서 자라기 때문이다. 이 꽃은 하얗고 털로 뒤덮여 있다. 거의 도달할 수 없는: 하나의 열망.

---

9) 수레국화는 과거 옥수수밭이나 밀밭 등에서 가장 흔히 자라는 잡초 가운데 하나로 알려져 있었다. 영어 이름 cornflower도 여기에서 유래한다.

제라늄은 창가 화분의 꽃이다. 상파울루, 그라자우, 그리고 스위스에서 볼 수 있다.

빅토리아수련은 리우데자네이루 식물원에 있다. 이 꽃은 거대하며 지름이 2미터에 이른다. 수생식물이며, 어떻게 해서라도 손에 넣고 싶을 만큼 매력적이다. 그들은 아마존에 산다: 꽃들의 공룡. 그들은 거대한 고요를 발산한다. 장엄하면서도 단순하다. 게다가 수면 위에서 살면서도 그림자를 드리운다. 내가 지금 당신에게 쓰고 있는 걸 라틴어로 하면: de natura florum(꽃들의 성질에 관하여). 나중에 내가 연구한 것들을 보여 줄 텐데, 그 연구는 이미 드로잉의 형태로 변형되었다.

국화는 깊은 행복의 꽃이다. 국화는 자신의 색깔과 헝클어진 머리칼을 통해 말한다. 자신의 야성을 무질서하게 통제하는 꽃.

나는 죽을 허락을 받아야겠다고 생각한다. 하지만 그럴 수가 없어, 너무 늦었다. 나는 「불새」[10]를 들었다—그리고 완전히 빠져들었다.

여기서 잠깐 중단해야겠다—왜냐하면, 내가 말하지 않

았던가? 언젠가는 내게 무슨 일이 일어날 거라고 말하지 않았던가? 그 일이 방금 일어났다. 주앙이라는 남자와 전화 통화를 했다. 그는 아마존 깊숙한 곳에서 자랐다. 그가 말하기를, 거기에는 말하는 식물에 대한 전설이 있다고 한다. 타자tajá라고 불리는 식물이다. 옛날에 원주민들이 주술을 써서 그 식물에 마법을 걸었다고 한다. 타자는 심지어 말을 하기도 했다. 주앙은 내게 도저히 설명할 수 없는 일화를 전해 주었다: 언젠가 밤늦게 집에 들어온 그는 그 식물이 있는 복도를 걸어가다가 "주앙"이라는 말을 들었다. 그는 어머니가 불렀겠거니 생각하고 이렇게 대답했다: 저 들어왔어요. 그리고 이층에 올라가 보니 어머니와 아버지는 코를 골며 깊이 잠들어 있었다.

피곤하다. 나는 피로를 자주 느끼는데, 그건 무척 바쁘기 때문이다: 나는 세상을 돌본다. 나는 날마다 테라스에서 해변과 바다 한쪽을 바라보며 더욱 하얘진 포말과 밤새 불안하게 기어 올라왔던 물을 확인한다. 파도가 모래밭에 남긴 흔적을 보면 그걸 알 수 있다. 내가 살고

---

10) 스트라빈스키의 발레 음악

있는 거리의 아몬드 나무를 바라보기도 한다. 나는 잠자리에 들기 전에 세상을 돌보며 밤을 바라본다. 별들이 빛나는지, 색깔은 남색인지, 왜냐하면 어떤 밤에는 하늘이 검은색이 아닌 강렬한 남색으로 보이기 때문이다. 내가 스테인드글라스에 그렸던 색깔. 나는 강렬함을 좋아한다. 나는 아홉 살 된 소년을 돌보는데 그 소년은 말라깽이에다 누더기를 걸쳤다. 그 아이는 결핵에 걸릴 것이다. 이미 걸리지 않았다면 말이다. 여러 식물원 속에서, 그렇게, 나는 완전히 녹초가 된다. 나의 시선으로 무수한 식물들과 나무들, 특히 빅토리아수련을 돌봐야만 하기 때문이다. 빅토리아수련은 거기 있다. 그리고 나는 그 꽃을 본다.

내가 감정적인 인상들을 언급하지 않는다는 점에 주목해 보라: 나는 그저 내가 돌보고 있는 무수한 사물들과 사람들 가운데 일부에 대해 명확하게 말하고 있을 뿐이다. 그건 일이라고 볼 수도 없다. 왜냐하면 돈을 버는 작업이 아니니까. 그저 세상이 어떤 곳인지 알아 가게 될 뿐이다.

세상을 돌보는 건 힘든 일인가? 그렇다. 예를 들면: 나는 길에서 본 무표정한, 그래서 좀 무서웠던 여자의 얼굴을 기억해야 한다. 나는 산동네에 사는 사람들의 불행을 내 시선으로 돌보아야 한다.

분명 당신은 내게 세상을 왜 돌보느냐고 물을 것이다. 그건 내가 태어날 때부터 짊어진 의무이기 때문이다.

나는 어릴 때 개미 한 줄을 돌보았다: 개미들은 일렬로 이동하며 나뭇잎 한 조각을 나른다. 그러면서도 다른 쪽에서 오는 개미들과 소통한다. 개미와 벌은 그것이 아니다. 그들은 그들이다.

나는 벌에 대한 책을 읽은 후로 특히 여왕벌을 잘 돌보게 되었다. 벌들은 날아가서 꽃들을 상대한다. 뻔한 이야기라고? 나는 직접 보았다. 뻔한 것에 주목하기, 그건 내 일의 일부다. 개미들은 저마다 그 작은 몸에 온 세상을 담고 있어서 세심하게 주의를 기울이지 않으면 그걸 놓치고 만다. 이를테면: 본능적인 조직력, 초음파 음역 너머에 있는 언어, 개미에게 걸맞은 성적 감각. 지금은 개미가 한 마리도 보이지 않는다. 학살이 일어나지 않았다는 건 알고 있다. 학살이 일어났다면 내가 이미 들었을 테니까.

세상을 돌보는 데는 인내심도 필요하다: 나는 개미가 나타날 때까지 기다려야만 한다.

나는 다만 보고할 만한 상대를 아직 찾지 못했을 뿐이다. 아니, 찾았나? 지금 여기서 당신에게 보고하고 있으니까. 지금 나는 너무도 건조했던 그 봄에 대해 당신에게 보고하려 한다. 당신의 정전기에 라디오가 지직거렸다. 몸에서 나오는 전기에 옷의 털이 곤두섰고, 빗질을 하면 머리칼에 정전기가 일었다—힘든 봄이었다. 겨울 때문에 완전히 고갈돼 버린 그 봄은 모든 전기의 싹을 틔웠다. 봄은 어디에 있든 먼 곳을 향하고 있었다. 그렇게 많은 길이 나 있던 때는 없었다. 우리, 당신과 나는 거의 말을 하지 않았다. 나는 아직 알지 못한다. 그때 온 세상이 왜 그렇게까지 화가 나 있었는지, 왜 그렇게까지 전기적인 재능을 발휘했는지. 그런데 그 재능은 무엇을 위한 거였을까? 졸음으로 무거워진 몸. 그리고 우리의 큰 눈은 활짝 열린 맹인의 눈처럼 무표정했다. 테라스에 놓인 수족관에 물고기가 있었고 우리는 전망 좋은 호텔 바에서 주스를 마셨다. 바람과 함께 염소들에 관한 꿈이 찾아왔다: 옆 테이블에 파우누스[11]가 홀로 앉아 있었다. 우리는 얼음처럼 차가운 주스가 든 유리잔을 바라보며 그 투명한 유리 안에서 가만히 꿈을 꾸었다. "뭐라고 했어?" 당신이 물었다. "아무 말도 안 했어." 날들이, 더 많은 날들이 지나갔고, 그 위험 속에 있는 모든 것과 제라늄들은 너무도 진하게 붉었다. 주파수가 맞춰진 순간, 우리는 바람 속에 있던 봄의 깔쭉깔쭉한 정전기를 다시금 포착했다: 염소들의 뻔뻔한 꿈과 텅 빈 물고기들과 우리에게 갑자기 찾아온 '과일을 훔치고 싶다'는 충동. 파우누스는 이제 관을 쓴 채 홀로 껑충껑충 뛰었다. "뭐?" "아무 말도 안 했어." 하지만 나는 첫 번째 우르릉거림을, 땅속에서 뛰는 심장 박동 같은 그 소리를 들었다. 나는 조용히 땅에 귀를 댄 채 억지로 밀고 들어오는 여름과 땅속에 있는 내 심장을 들었다—"안 했어! 난 아무 말도 안 했어!"—그리고 나는 느꼈다. 닫힌 땅이 안에서부터 열리는 과정, 그 탄생의 과정이 지닌 끈질긴 무자비함을. 그리고 나는 알았다. 십만 개의 오렌지를 익혔던 여름이 지닌 달콤함의 무게를. 그리고 나는 알았다. 그 오렌지들이 내 것이라는 걸. 왜냐하면 내가 그걸 원했으니까.

---

11) faunus. 로마 신화 속 숲과 사냥과 목축의 신. 상반신은 인간 남자, 하반신은 염소의 모습을 하고 있다.

나는 늘 다가오는 계절의 변화를 느낄 수 있음을 자랑스러워한다. 어떤 기운이 감돌고—내 몸은 새로운 것이 오고 있음을 알려 주고, 나는 온통 곤두선다. 그 이유는 모르겠다. 그 봄에 나는 앵초라는 식물을 선물받았다. 이 식물은 너무도 신비해서, 그 신비 속에는 이해를 허락지 않는 자연의 일부가 담겨 있는 듯하다. 이 식물은 겉보기에는 아무런 특별함이 없다. 하지만 봄이 시작하는 바로 그날 잎들이 시들고 그 자리에 꽃봉오리들이 생기며, 그 꽃들은 여성적이면서도 남성적인 향기, 아주 기막힌 향기를 지녔다.

우리는 가까이 앉아 멍하니 바라보고 있다. 갑자기, 꽃들이 천천히 열리며 새 계절에 투항한다, 놀란 우리의 눈앞에서: 봄이 오고 있다.

하지만 겨울이 오면 나는 주고 주고 또 준다. 옷을 따뜻하게 껴입는다. 그리고 따스한 내 가슴에 사람들을 품어 준다. 당신은 누군가가 따끈한 수프를 먹는 소리를 들을 것이다. 지금 나는 비 오는 날들을 산다: 주어야 할 시간이 가까워지고 있다.

당신은 이 일이 아이가 태어나는 일과 같다는 걸 모르

겠는가? 이 일은 아프다. 고통은 악화한 삶이다. 그 과정은 아프다. 존재-되어-가기는 느리고 느리며 선한 아픔이다. 될 수 있는 한 넓게 늘어나는 거니까. 그리고 당신의 피는 당신에게 감사한다. 나는 숨을 쉰다, 숨을 쉰다. 그 공기는 그것이다. 바람을 품은 공기는 이미 '그'이거나 '그녀'다. 만일 당신에게 억지로 글을 써야만 했다면 몹시 슬펐을 것이다. 가끔 나는 영감이 지닌 힘을 견디지 못하고, 그럴 때면 무거운 마음으로 그림을 그린다. 세상일들이 내게 달려 있지 않아서 얼마나 다행인지 모른다.

나는 죽음에 대한 이야기를 많이 했다. 하지만 이제 당신에게 삶의 숨결에 관해 이야기하려 한다. 어떤 사람이 숨을 쉬지 못하면 우리는 입과 입을 대고 인공호흡을 한다: 그 사람의 입에 우리의 입을 대고 숨결을 불어넣는다. 그러면 그 사람이 숨을 쉬기 시작한다. 이렇게 숨결을 나누는 건 내 삶에서 가장 아름다운 일들 가운데 하나다. 입과 입을 대는 일의 아름다움에 현기증이 일 것 같다.

아아, 모든 게 얼마나 불확실한지, 그러면서도 **질서** 안에 속해 있는지. 나는 다음 문장을 어떻게 쓸지조차 알지 못한다. 우리는 절대 최후의 진실을 말하지 않는다. 누구든 그 진실을 아는 사람이 있으면 앞으로 나서라. 그리고 말하라. 우리는 회한에 차서 귀 기울일 것이다.

……갑자기 나는 그를 보았고, 대단히 잘생긴데다 남자다움이 넘쳤던 그를 통해 창조의 기쁨을 느꼈다. 그렇다고 그를 갖고 싶었다는 건 아니다. 대천사의 머리칼을 하고 공을 쫓아 달리던 소년을 보면서 갖고 싶다는 마음을 갖지 않았던 것처럼 말이다. 나는 그저 바라보고 싶었다. 그는 잠시 나를 바라보더니 차분히 미소 지었다: 그는 자신이 얼마나 아름다운지 알았고, 내가 자신을 갖고 싶어 하지 않는다는 것도 알았다. 그는 아무런 위협도 느끼지 않았기에 미소를 지었다. 왜냐하면 특별한 존재들은 어떤 식으로든 보통 사람들보다 더 많은 위험에 노출되기 때문이다. 나는 길을 건너가 택시를 잡았다. 산들바람에 목덜미 솜털이 곤두섰다. 나는 행복했고, 너무 행복해서 택시 구석에 웅크렸다. 왜냐하면 행복은 아프기 때문이다. 그 모든 게 그 잘생긴 남자를 보아서 생긴 일이었다. 나는 여전히 그 남자를 갖고 싶진 않았다—나는 좀 못생겼으면서도 조화를 이룬 이들을 좋아하지만, 어째서인지 그 남자 역시 내게 많은 것을 주었다. 그 미소, 서로를 이해하는 사람들 사이

에 존재하는 동지애가 담긴 미소를 통해서. 나는 그런 건 전혀 이해하지 못했다.

삶의 용기: 나는 숨겨진 채 은밀히 빛나야만 하는 것들을 숨겨 둔다.

나는 침묵한다.

왜냐하면 나는 내 비밀이 무엇인지 모르기 때문이다. 당신의 비밀을 말해 달라. 우리 각자의 비밀에 대해 가르쳐 달라. 누군가를 비방하는 비밀 얘기가 아니다. 내가 말하는 비밀은 그저 비밀인 것이다.

그리고 그 비밀엔 아무런 공식이 없다.

지금 나는 조금만 죽게 해 달라고 당신에게 부탁해야 할 것 같다. 제발—죽어도 될까? 오래 걸리진 않을 것이다. 고맙다.

……아니. 나는 죽지 못했다. 나는 지금 여기서 이 '언어-사물'을 끝내려는 걸까? 아직은 아니다.

나는 현실을 변모시키고 있다—지금 내게서 벗어나고 있는 이건 뭘까? 왜 나는 손을 내밀어 그걸 잡지 않는 걸까? 그건 내가 세상을 꿈꾸기만 했지 본 적은 없기 때문이다.

내가 지금 당신에게 쓰고 있는 건 콘트랄토다. 흑인 영가다. 성가대가 있고 촛불이 켜져 있다. 지금 막 현기증이 인다. 조금은 두려워진다. 자유는 나를 어디로 이끌까? 내가 당신에게 쓰고 있는 이것은 무엇일까? 그것은 나를 혼자 남겨 둔다. 하지만 나는 기도하고, 나의 자유는 **질서**의 지배를 받는다—이미 나는 두렵지 않다. 나를 이끄는 건 하나뿐이다. 발견한다는 느낌. 생각 너머에 있는 것 너머에 있는 것들을.

지금 내가 당신에게 글을 쓰면서 진짜로 하고 있는 건 이런 것이다: 나 자신을 따라가기. 어디로 가는지도 모르면서 스스로를 따라가기. 가끔은 그게 무척 힘들다. 왜냐하면 아직 하나의 성운에 불과한 것을 따라가고 있기 때문이다. 가끔 나는 포기하고 만다.

지금 나는 두렵다. 당신에게 무언가를 말하려 하기 때문이다. 두려움이 가실 때까지 기다려 달라.

두려움이 가셨다. 내가 하려던 말: 나는 불협화음에서 조화를 느낀다. 멜로디는 가끔 신물이 난다. 이른바 라이트모티프[12]라는 것도 마찬가지다. 나는 음악 속에서, 그리고 내가 당신에게 쓰는 것 속에서, 그리고 내가 그리는 것 속에서 이런 일이 일어나기를 원한다. 기하학적인 줄기들이 허공에서 교차하며 서로 부조화를—내가 이해하는 그것을—이루는 것. 순수한 그것. 내 존재는 완전히 열중하고 약간은 도취된다. 내가 당신에게 말하고 있는 이것은 매우 중요하다. 그리고 나는 자면서 일한다: 왜냐하면 나는 잠을 잘 때 신비 속에서 움직이기 때문이다.

오늘은 일요일 아침이다. 이 태양과 목성의 일요일에 나는 홀로 집에 있다. 나는 극심한 산통을 겪듯 갑자기 몸을 웅크렸다—그리고 내 안의 여자아이가 죽어가는 걸 보았다. 그 빌어먹을 일요일을 결코 잊지 못하리라. 상처가 아무는 데에는 시간이 걸릴 것이다. 그리고 지금 여기에는 강인하고 조용하며 영웅적인 내가 있다.

---

12) leitmotiv. 음악 작품 내에서 특정 인물이나 사물, 감정 등을 상징하는 선율

내 안에는 여자아이가 없다. 모든 삶은 영웅적이다.

창조가 나를 빠져나간다. 그리고 나는 많이 알고 싶지도 않다. 내 가슴 속에서 심장이 뛰는 것으로 충분하다. 그것의 불가능한 삶이면 충분하다.

이 순간 나는 가슴 속에서 걷잡을 수 없이 뛰는 심장을 느낀다. 내가 앞선 몇 문장 속에서 표면적으로만 생각하는 바람에 심장이 자신의 권리 회복에 나선 것이다. 그렇게 나타난 '존재의 기반'은 생각의 흔적들을 휩쓸어 지워 버린다. 그 바다는 모래 위 파도의 흔적들을 지운다. 오 신이여, 나는 지금 얼마나 행복한가. 행복을 망가뜨리는 건 두려움이다.

겁이 난다. 하지만 내 심장은 뛰고 있다. 이해를 허락지 않는 사랑이 심장을 더 빨리 뛰게 한다. 단 하나 확실한 건 내가 태어났다는 것이다. 당신은 나라는 존재의 한 형태이고 나는 당신이라는 존재의 한 형태라는 것: 그것들이 내가 지닌 가능성의 한계다.

나는 죽을 것 같은 기쁨 속에 있다. 달콤한 탈진 속에서 나는 당신에게 이야기한다. 하지만 기다림이 있다. 기다림이란 미래에 대한 탐욕을 느끼는 일이다. 언젠가 당신은 내게 사랑한다고 말했다. 나는 그 말을 믿는 척하며 하루하루 즐거운 사랑 속에서 산다. 하지만 갈망을 안은 채 기억을 되새기는 건 다시 한번 작별을 고하는 거나 마찬가지다.

나를 둘러싼 환상적인 세계, 그것은 나다. 나는 작은 새의 미친 노래를 들으며 손가락으로 나비들을 짓뭉갠다. 나는 벌레 먹은 과일이다. 그리고 나는 오르가슴 같은 종말을 기다린다. 나를 둘러싼 채 불협화음을 내는 곤충 떼, 석유 램프의 불빛, 그것이 나다. 그러고 나서 나는'있기' 위해 아주 멀리까지 간다. 나는 무아지경이다. 나는 주위 공기에 파고든다. 이 엄청난 열기: 나는 살아 있기를 멈출 수가 없다. 무성한 말들로 이루어진 이 밀림은 내가 느끼고 생각하고 살아가는 모든 것을 두텁게 휘감는다. 그러고는 나라는 그 모든 것을 내가 소유한 것으로—그러면서도 완전히 내 바깥에 남아 있는 무언가로—바꾸어 버린다. 나는 생각하는 나를 지켜보고 있다. 나는 궁금해한다: 내 안에 있으면서 생각의 외부에 존재하는 그것은 누구인가? 내가 당신에게 이 모든 걸 쓰는 이유는 바로 그 일이 내가 겸허하게 받아들여야만 하는 도전이기 때문이다. 나는 내 유령들에게, 신화적이고 환상적인 존재들에게 시달린다—삶은 초자연적이다. 그리고 나는 내 꿈의 끝까지 팽팽하게 이어진 줄 위를 걷는다. 육욕에 시달리는 내장들이, 충동의 맹렬함이 나를 이끈다. 나는 나 자신을 조직하기에 앞서 내 내부를 와해시켜야 한다. 자유의 원초적인 상태를, 그 최초이자 덧없는 것을 체험하기 위해. 자유, 실수하고 넘어지고 다시 일어설 자유.

하지만 만일 내가 세상일들을 받아들이기 위해 '이해하기'를 추구하게 된다면—자신을 내맡기는 행위는 절대로 일어나지 않을 것이다. 나는 별안간 뛰어들어야만 하며, 그 뛰어듦은 이해와 몰이해를, 특히 몰이해를 아우를 것이다. 게다가 내가 뭐라고 감히 생각이라는 걸 하겠는가? 내가 할 일은 투항이다. 투항은 어떻게 하는 걸까? 하지만 나는 이미 알고 있다. 오직 걸어야만 걷는 법을 알 수 있으며, 또한 걷고 있는 자신을 발견할 수 있다는—기적—사실을.

근면한 거미처럼 미래를 만들어 가는 나. 내게 최고의 순간은 아무것도 모르면서 무엇이라도 만드는 때이다.

왜냐하면 갑자기 나는 내가 아무것도 모른다는 걸 알게

되었기 때문이다. 내 칼의 날이 무뎌지고 있는 걸까? 그보단 지금 내가 보고 있는 대상이 어려워서 이해하지 못하는 듯하다: 나는 내 새로운 현실과의 접촉 속으로 은밀하게 들어서고 있으며, 여전히 그 현실에 상응하는 생각들을 갖고 있지 않으며, 따라서 어떤 말로도 그것을 가리키지 못한다. 그것은 느낌에 가깝다. 생각 너머에 있는.

그걸 당신에게 어떻게 설명할까? 한번 시도해 보겠다. 그건 내가 인식하는 현실이 비뚤어져 있다는 뜻이다. 비스듬한 절단면을 통해 바라보는 것이다. 나는 이제야 삶의 비뚤어짐을 깨달았다. 그동안 반듯하고 평행을 이룬 단면들만 보아 왔던 나는 교묘한 사선을 알지 못했었다. 이제 나는 삶이 다른 것임을 느낀다. 그 삶은 어렴풋한 생각들을 활짝 펼치는 데서 그치지 않는다—그것은 순수한 동물적 활력을 잃지 않으면서도 보다 마법적이고 섬약한 그 무엇이다. 나는 이 유달리 비뚠 삶 위에 내 무거운 앞발을 얹어 존재를 시들게 한다. 그 존재의 가장 비스듬하고 예측할 수 없는, 그와 동시에 미묘하게 치명적인 측면들을 시들게 한다. 나는 우연의 필연성을 이해한다. 그건 모순이 아니다.

비뚤어진 삶은 아주 내밀하다. 나는 건조한 말들로 이루어진 생각-느낌을 해치지 않기 위해 이 내밀함에 대해서는 더 말하지 않겠다. 비뚤어짐을 그 자신만의, 아무런 제약 없는 자기다움 안에 두겠다.

또한 나는 살아가는 방식을 하나 알고 있다. 그것은 온화한 자부심이자 우아한 움직임이며 가볍게 지속되는 좌절로서, 저 먼 고대의 역사로부터 전해진 회피 기술을 갖고 있다. 저항의 표식이라고는 가볍고 별난 아이러니뿐이다. 삶에는 이런 측면이 있다. 추운 겨울에 털옷을 입고 테라스에서 커피를 마시는 것과 같은.

나는 또한 이렇게 살아가는 방식도 알고 있다. 지면 바로 위에서 휘날리는, 바람 속에 펼쳐진 가벼운 그림자: 떠다니는 그림자의 삶, 열려 있는 어느 날에 떠오른 몸, 그리고 꿈들: 나는 땅의 풍요를 살아간다.

그렇다. 삶은 매우 동양적이다. 우연의 필연성에 의해 선택된 소수의 사람만이 삶의 초연하고 섬세한 자유를 맛본다. 그건 화병에 꽃을 어떻게 꽂아야 할지 아는 것과 같다: 거의 쓸모없는 지식. 그 덧없는 삶의 자유는 결코 잊혀선 안 된다: 향기처럼 존재해야 한다.

이 삶을 사는 건 직접 살아간다기보다는 간접적으로 기억하는 일에 더 가깝다.

그건 엄청나게 끔찍해졌을 수도 있는 무언가로부터 차분히 회복하는 일과 닮아 있다. 냉담한 쾌락으로부터의 회복. 삶은 오직 막 눈뜬 이들을 위해서만 부서지기 쉬운 진실이 된다. 그러면서 지금-순간 속에 있게 된다: 당신은 익은 열매를 먹는다. 내가 무슨 말을 하고 있는지 더 이상 알지 못하게 될 수도 있을까? 그렇다면 그건 나도 모르는 사이에 모든 것이 내게서 도망치는 거라는 뜻일까? 나는 안다—하지만 나는 조심스럽다. 그 앎은 알지 못함과 털끝만큼의 차이밖에 나지 않으니까. 나는 사소한 일상의 삶으로 조심스레 끼니를 이으며, 황혼의 문턱에 있는 테라스에서 커피를 마신다. 그 황혼은 달콤하고 예민하며, 바로 그 때문에 병들어 보인다.

비뚤어진 삶? 사물들 사이에는 충돌하기 직전의 가벼운 어긋남이 있음을 나는 잘 알고 있다. 말들의 틈바구니에서 서로를 잃고, 더는 거의 말을 하지 않는 존재들 사이에는 어긋남이 있다. 하지만 우리는 이 가벼운 어긋남, 이 '거의' 속에서 서로를 거의 이해한다. 그리고 그건 삶을 똑바로 견디는 유일한 방법이다. 왜냐하면 우리는 삶과 갑작스럽게 대면하는 순간 겁에 질려 그 섬세한 거미줄에서 떨어지고 말 것이기 때문이다. 우리는 기울어져 있는데, 그건 우리가 예견하는 것, 그러니까 내가 당신에게 말하는 이 삶 속에 있는 그 무한히 다른 것을 위태롭게 만들지 않기 위해서다.

그리고 나는 측면에서 산다—중앙의 빛이 나를 태우지 못하는 곳. 그리고 나는 조용히 말한다. 귀로는 나를 들어야만 하니까.

하지만 나는 또 다른 삶도 안다. 나는 그걸 알고 원하며 게걸스럽게 먹어 치운다. 그 맹렬함은 마법 같다. 그 삶은 신비하고 매혹적이다. 그 삶 속에서는 별들이 몸을 떨고 뱀들이 뒤얽힌다. 인광을 발하는 동굴의 어둠 속에서 물방울들이 똑똑 떨어진다. 그 어둠 속, 습한 환상의 정원에서 꽃들이 뒤엉킨다. 그리고 나는 그 조용한 바쿠스 축제의 무녀다. 나는 내 안에 잠재한 타락의 가능성에 굴복한 듯한 기분을 느낀다. 그리고 자신이 본질적으로 악하다는 걸 깨닫는다. 나는 오직 순수한 친절을 행할 때만 선하다. 나 자신에게 패한 나는 그에게 이끌려 샐러맨더가 낸 길을 뒤따라간다. 그 정령은 불을 지배하고 불 속에서 산다. 나는 죽은 자들에게 바치는 공물로 나 자신을 내준다. 나는 지점至點[13]이 오면 주문을 만들어 낸다. 지점은 쫓겨난 용의 망령이다.

하지만 나는 지금 일어나는 일들을 붙잡을 수 있는 법을 거의 알지 못한다. 내가 아는 방법은 단 하나, 지금 여기에서 나에게 일어나는 모든 일을, 그게 무엇이건, 살아가는 것이다. 나는 자유로운 말馬이 그 순수하고 고귀한 기쁨 속에서 맹렬히 달리게 한다. 나는 초조하게 달리고, 오직 현실만이 내게 한계를 부여한다. 그러다 하루가 그 끝에 다다르면 나는 귀뚜라미들의 울음소리를 들으며 완전히 충만하고 불가해한 상태로 접어든다. 그러고 나면 요란하게 우는 작은 새들을 가득 품은 새벽이 온다. 그리고 나에게 일어나는 각각의 일들, 나는 그것들을 여기에 적음으로써 그것들을 산다. 왜냐하면 나는 이 탐색하는 손으로 느끼고 싶기 때문이다. 오늘이 지닌 신경을, 살아서 진동하는 그 신경을.

---

13) solstício. 태양이 적도에 가장 가까울 때(하지)와 멀 때(동지)를 이르는 말. 둘 가운데 어느 쪽인지, 혹은 둘 다인지는 언급되지 않았다.

나는 생각을 넘어 하나의 상태에 도달한다. 그걸 말들로 쪼개는 일은 거부한다—표현할 수 없고 표현하고 싶지도 않은 것은 결국 내 비밀들 가운데 가장 은밀한 것이 된다. 나는 내가 생각을 쓰지 않는 순간들을 두려워한다는 걸 알고 있다. 그건 순간적인 상태다. 도달하기 어려운, 완전히 은밀한, 생각을 빚어 내는 말들을 더 이상 쓰지 않는 상태. 말들을 쓴다는 건 자신의 정체성을 잃어버리는 일이 아닐까? 해롭고 절대적인 어둠 속에서 길을 잃는 일이 아닐까?

내 안의 세계가 갖고 있던 정체성을 잃어버린 나는 이제 아무런 보증도 없이 존재한다. 나는 성취할 수 있는 거라면 무엇이든 성취한다. 그러나 나는 성취할 수 없음에 살고 있고, 나와 세상과 당신의 의미는 분명함을 잃어버린다. 그건 정말 환상적이며, 그런 순간들 속에 잠긴 나는 스스로를 다루면서 엄청난 세심함을 발휘한다. 신은 존재의 한 유형일까? 모든 존재의 본성 속에 체현된 관념일까? 나의 뿌리는 신성한 어둠 속에 있다. 나른한 뿌리. 어둠 속에서 흔들리는.

그리고 갑자기, 나는 느낀다. 우리는 곧 헤어질 것이다. 나를 겁먹게 하는 진실은 내가 언제나 당신만의 것이었으며 그걸 알지 못했다는 사실이다. 이제는 안다: 나는 혼자다. 나, 그리고 어떻게 써야 할지 모르는 내 자유. 고독이 지닌 커다란 책임. 무언가를 잃어 보지 않은 사람은 자유를 알지 못하므로 그것을 사랑할 수도 없다. 내 경우를 보면, 나는 내 고독이 가끔은 불꽃놀이를 보는 듯한 황홀경에 빠진다는 사실을 인정한다. 혼자인 나는 어떤 은밀한 영광을, 고독 속에서 고통으로 변모할 영광을 살아야만 한다. 그리고 그 고통은, 침묵. 나는 그 이름을 비밀로 간직한다. 나는 살기 위해 비밀들을 필요로 한다.

우리들 각자의 삶에서 뭔가를 잃어버린 순간에—그때 우리가 완수해야 할 임무가 공개되는가? 하지만 나는 어떤 임무도 거부한다. 나는 아무것도 완수하지 않을 것이다: 그저 살 것이다.

정말 이상하고 어려운 일이다. 지금, 그림 붓을 기묘하리만치 친근하면서도 늘 멀리에 있는 것으로, 즉 말들로 대체하는 일 말이다. 말 안에는 엄청나게 내밀한 아름다움이 서려 있다. 하지만 그 아름다움에는 닿을 수 없다—그리고 그 아름다움에 닿는다는 건 곧 그것이 환영으로 변한다는 뜻이다. 다시 한번 닿을 수 없는 것으로 남기 위해서 말이다. 내 그림으로부터, 그리고 서로를 밀어젖히는 내 말들로부터 눈眼이 지닌 기질과도 같은 침묵이 생겨난다. 내내 나에게서 빠져나가는 것이 있다. 그것이 빠져나가지 않을 때, 나는 확신을 얻는다: 삶은 다른 것이다. 그것은 보이지 않는 양식을 지니고 있다.

죽음의 순간에, 나는 살 수 있는 것보다 더 살기 위해 삶을 몰아붙이게 될까? 하지만 나는 오늘이다.

나는 잘 알고 있다. 나는 당신에게 무질서한 글을 쓰고 있다. 하지만 그게 내 삶이다. 나는 잃어버린 것과 발견한 것만 갖고서 작업한다.

하지만 글쓰기는 나에게 좌절을 가져다준다: 글을 쓸 때 나는 불가능을 다룬다. 자연의 불가사의를 통해서. 신의 불가사의를 통해서. 신이 무엇인지 모르는 사람은 앞으로도 절대 알 수 없을 것이다. 신이 학습되는 시기는 과거이다. 신은 이미 알려진 무엇이다.

내 삶에는 플롯이 없는 걸까? 왜냐하면 나는 뜻밖에도 단편적이니까. 나는 조각들이다. 내 이야기는 살아 있다. 그리고 나는 실패를 두려워하지 않는다. 실패가 나를 괴멸시키게 하라, 나는 몰락의 영광을 원한다. 나의 절름발이 천사는 그 모든 모호한 것을 붙잡아 왜곡하는 자다. 나의 천사, 천국에서 지옥으로 떨어진 뒤 그곳에서 악을 음미하며 사는 자.

나는 이것과 비슷한 이야기를 알지 못하고, 따라서 이것은 이야기가 아니다. 하지만 내가 할 수 있는 일이라곤 계속해서 말하고 행하는 것뿐이다: 이것은 기차 창문으로 내다본 선로처럼 달아나는 순간들에 대한 이야기다.

우리는 오늘 오후에 만날 것이다. 그리고 나는 지금 쓰고 있는 글, 내가 담겨 있으며 비록 당신은 읽지 않겠지만 내가 당신에게 선물로 주려 하는 이 글에 대해 말하지 않을 것이다. 당신은 내가 쓰고 있는 이걸 절대로 읽지 않을 것이다. 결국, 내가 내 존재의 비밀을 써 내려갈 때 — 나는 그 비밀을 바닷속에 빠뜨리듯 내던지는 셈이다. 당신이 있는 그대로의 나를 받아들일 수 없기에 나는 당신에게 이 글을 쓰고 있다. 만약 내가 '그 순간들'에 대한 기록을 파괴한다면, 나는 내가 이 모든 것을 끌어냈던 곳으로, 나의 없음으로 돌아가게 될까? 나는 대가를 치러야 한다. 기묘한 현재 속에서 오직 격정을 통해서만 갱신되는 과거를 가진 사람이 치러야 할 대가. 이미 지나온 삶을 떠올려 보면, 그건 마치 길을 따라 벗어던져 놓은 내 몸들 같다.

아침 다섯 시가 다 되었다. 희미해져 가는 새벽의 빛, 차갑고 푸른 금속의 빛깔, 그리고 어둠에서 태어나는 낮의 톡 쏘는 날카로운 맛. 그런 것들이 시간의 표면 위에 나타나고, 마찬가지로 납빛에 물든 내가 어둠에서 태어나는 중이다, 나를 넘어선, 그것인 내가.

당신에게 할 말이 있다: 나는 그림을 더 잘 그리거나 더 못 그리는 법을 모른다. 나는 '이것'을 그린다. 그리고 '이것'으로 글을 쓴다—내가 할 수 있는 건 그뿐이다. 불안한. 혈관을 도는 수 리터의 피. 수축하고 이완하는 근육. 몸에서 솟는 보름달 같은 기운. Parambōlica—그 뜻은 상관없다. 나는 Parambōlica다. 의자 하나와 사과 두 개를 더할 수는 없으므로 나 자신을 합산할 수는 없다. 나는 의자 하나와 사과 두 개다. 그리고 합해질 수 없다.

나는 다시금 즐겁고 행복한 사랑으로 가득해진다. 당

신이 무엇이든, 나는 당신의 경이로운 후광이 공기 속으로 증발해 사라지기 전에 얼른 숨으로 들이마신다. 나를 살고 당신을 살고픈 갈망, 나의 이 새로운 갈망이야말로 삶의 본질일까? 존재들과 사물들의 본성—그것이 신일까? 그렇다면, 어쩌면 나는 수많은 본성을 요구함으로써 죽어가기를 멈출 수 있을까? 죽음을 방해하고 그 안에서 삶의 돌파구를 마련할 수 있을까?

나는 당신에게 쓰는 것에서 고통을 잘라 낸 다음, 당신에게 나의 불안한 기쁨을 준다.

그리고 이 지금-순간, 내 시선은 저 먼 곳 여기저기에 흩어져 있는 흰 조각상들을 바라본다—텅 빈 눈빛으로 길을 잃은 사막 속에서, 멀리, 더 멀리, 나 자신마저 저 멀리에 보이는 하나의 조각상이니, 나는 늘 길을 잃는 자다. 나는 존재하는 모든 것을 음미하고 있다. 고요하고 영묘한, 내 거대한 꿈의 내면. 나는 아무것도 이해하지 못한다—그래서 비틀거리면서도 끊임없이 움직이는 현실에 달라붙는다. 나는 꿈을 통해 실재에 닿는다. 현실이여, 나는 너를 지어낸다. 그리고 네가 먼 종소리들처럼 물속에서 소리 없이 울리며 고동치며 익사하는 걸 듣는다. 나는 죽음의 핵심 속에 있는가? 그래서 살아 있는 걸까? 느낄 수 있는 핵심. 이 그것이 나를 흥분시킨다. 나는 살아 있다. 하나의 상처처럼, 육신 속의 꽃처럼, 슬픈 피의 길이 내 안에 열린다. 올곧게 직진하며, 바로 그 이유로 라고아 산타[14] 원주민들의 순수한 에로티시즘을 지닌 길. 나, 폭풍에 노출된 자, 돌의 뒤편에 새겨진 글귀, 나는 선사의 인류로부터 건네받은 거대한 공간들, 시간순으로 늘어선 그 공간들 속에 있다. 기나긴 천 년 세월의 뜨거운 바람이 불어와 내 표면을 그슬린다.

오늘 나는 붉은 황토색, 노란 황토색, 검정색, 그리고 약간의 흰색을 사용했다. 나는 샘들과 웅덩이들, 폭포들 가까이에 있음을 느낀다. 내 갈증을 채워 줄 신선한 물이 풍부한 곳들이다. 그리고 나, 마침내 야만인이 되고 마침내 오늘날의 건조한 날들에서 벗어난 나: 아무런 제약 없이 앞으로 뒤로 빠르게 걷는다. 나는 드높은 산악 지대의 비탈 위에서 태양의 의식을 치른다. 하지만 나는 스스로 금기가 되기도 한다. 금지되어 손댈 수 없는 존재. 나는 그 영웅일까? 영원히 횃불을 들고 달리는?

아, 존재하는 만물의 힘이여, 날 도와 달라, 신이라 불리는 자여. 왜 무서운-끔찍한 것이 나를 부르는가? 그게 내가—공포 속에서—원하는 거라서? 왜냐하면 나의 악마는 잔인하고 처벌을 두려워하지 않으니까: 하지만 죄가 벌보다 더 중요하다. 나는 파괴를 추구하는 내 행복한 본능 속에서 생기를 가득 채운다.

지금 내가 그리고 있는 것과 쓰고 있는 걸 이해하려 노력해 보라. 내가 설명하겠다: 나는 글을 쓸 때와 마찬가지로 그림을 그릴 때도 내가 보는 순간을 정확히 보려 한다—과거의 순간에 보았던 기억을 통해 보지 않는다. 그 순간은 여기 이것이다. 숨 막히는 절박함을 지닌 순간. 그 자체로 절박한 순간. 나는 그 순간을 살고, 나는 그 순간이 다른 순간으로 넘어가는 과정 속으로 뛰어든다. 이 둘은 동시에 이루어진다.

나는 내가 그린 교회 정문을 그런 식으로 보았다. 당신은 거기에 과도한 대칭이 존재한다고 주장했다. 내가

---

14) Lagoa Santa. 브라질 중동부에 위치한 곳으로, 선사 인류 화석이 집중적으로 발견되었다. 리스펙토르가 본작을 탈고한 해는 1971년인데, 그로부터 1년 전인 1970년에 이 지역에서 11,000년 전의 인간 화석이 발견되어 큰 화제를 불러일으켰다.

설명하겠다: 그 대칭은 내가 이룬 가장 뛰어난 성과다. 나는 대칭에 대한 두려움을, 그다음엔 영감의 무질서함에 대한 두려움을 잃었다. 보라, 누군가가 거짓된 비대칭을, 가장 흔한 독창성 가운데 하나인 그것을 손쉽게 흉내 낼 수 있을 때, 그때 당신이 대칭의 가치를 칭송하려면 경험이나 용기가 필요할 것이다. 교회 정문 속에 있는 나의 대칭은 한곳을 향해 모이는 것이며, 이미 완성된 것이며, 그러면서도 독단적이지는 않다. 거기에는 두 비대칭이 대칭 속에서 만나기를 바라는 희망이 담겨 있다. 그것이 제3의 해법이다: 통합. 그 교회 문에 아무런 군더더기도 없어 보이는 건 어쩌면 그때문인지도 모른다. 알지 못하는 사람들이 내보이는 무책임한 대담성이 아닌, 살고 또다시 살았던 그 무언가가 지닌 섬세함. 아니, 당신이 거기서 발견하는 건 고요함은 아니다. 부식되었을지언정 아직 서 있는 그 문은 치열한 싸움을 담고 있다. 그리고 그 짙은 색깔들 속에는 구부러진 채로도 계속 나아가는 그 무엇 특유의 납빛이 있다. 내 십자가들은 여러 세기에 걸친 고행으로 구부러졌다. 그 문은 애초에 하나의 전조였을까, 제단의 전조? 문의 침묵. 거기에 서린 푸른 녹은 삶과 죽음 사이에 있는 그 무언가의 색을, 그리고 황혼의 강렬함을 지닌다.

그리고 조용한 색깔들 속에는 강철과 해묵은 청동이 있다—그리고 그 모든 것이 가파른 길 위에서 잃어버리고 또 발견한 것들의 침묵에 의해 증폭되었다. 나는 기나긴 길과 먼지를 내내 느끼며 그림의 안식처에 다다른다. 비록 그곳의 문은 열리지 않지만 말이다. 아니면 교회 문은 이미 교회이고, 그래서 그 앞에 서는 순간 이미 도착한 걸까?

나는 문 너머로 가지 않으려고 애쓴다. 그 문은 부재하는 그리스도의 벽이다. 그러나 그 벽은 거기 있고 만질 수 있다—그래서 손으로도 볼 수 있다.

나는 먼저 색칠할 소재를 만들고 나서 그걸 칠한다. 마치 조각가처럼. 그래서 내 그림은 나무를 꼭 필요로 한다. 그리고 그렇게 만들어진 소재는 종교적이다: 그것은 수도원 기둥들의 무게를 지녔다. 탄탄하고, 닫힌 문처럼 닫혀 있다. 하지만 그 문의 표면에는 손톱으로 긁혀 벗겨진 구멍이 여럿 나 있다. 그리고 이 구멍들을 통해 통합의 내부, 이상적인 대칭의 내부를 들여다볼 수 있다. 응고된 색깔, 폭력, 순교, 이것들은 종교적 대칭의 침묵을 지탱하는 기둥들이다.

하지만 이제 나는 거울의 신비에 관심을 갖는다. 나는 그걸 그리거나 말할 방법을 찾고 있다. 하지만 거울이란 무엇인가? 거울이라는 말은 존재하지 않고 거울들만 존재한다. 단 하나의 거울이 무한히 많은 거울이기 때문이다. 세상 어딘가에는 내 거울도 있을 것이다. 거울은 만들어지는 것이 아니라 태어나는 것이다. 많은 준비 없이도 몽유병을 지닌 채 반짝이는 자신만의 거울을 가질 수 있다: 둘이면 충분하다. 하나가 다른 하나에 비친 그림자를 비추는 것이다. 강렬하면서도 아무런 소리를 내지 않는 전보문으로 전달되는 떨림, 계속되는, 물과 같은, 그것 안으로, 당신은 자신의 매혹당한 손을 집어넣을 수 있고, 손을 빼낼 때는 그 단단한 물이 비추고 있던 것들을 뚝뚝 떨어뜨린다. 그것이 거울이다. 점쟁이의 수정구슬처럼, 그것은 나를 공허 속으로 끌어당긴다. 공허는 점쟁이에겐 명상의 장이고, 나에겐 침묵들과 침묵들의 장이다. 나는 거의 말을 할 수 없다. 너무도 많은 침묵이 다른 것들 속으로 뻗어 가기에.

거울? 그 수정 같은 공허는 끊임없이 앞으로 나아가기에 자기 안에 충분한 공간을 지니고 있다: 거울은 존재하는 공간 중에서 가장 깊다. 그리고 거울은 마법의 사물이기도 하다: 깨진 조각 하나만 가지고도 사막으로 명상하러 갈 수 있다. 자신을 본다는 건 놀라운 일이다. 나는 자신을 마주할 때면 고양이가 털을 곤두세우듯 온통 곤두선다. 나는 사막에서 텅 비워지고 환히 밝혀져, 반투명한 상태로, 거울 특유의 진동하는 침묵을 지닌 채 돌아온다. 거울의 형태는 중요하지 않다: 형태는 그것을 제한하거나 바꾸지 못한다. 거울은 빛이다. 거울의 작은 한 조각이 언제나 거울 전체다.

테두리나 가장자리를 둘러싼 선들을 없앤다면, 거울은 흘러넘치는 물처럼 퍼져나갈 것이다.

거울은 무엇인가? 그것은 발명품 중에 유일하게 자연스러운 것이다. 누구든 거울을 보는 사람은, 누구든 거울을 보면서 용케 자신을 바라보지 않을 수 있는 사람은, 누구든 거울의 깊은 곳이 비어 있음으로 이루어져 있음을 이해하는 사람은, 누구든 자기 이미지의 흔적을 남기지 않고 그 투명한 공간 속으로 걸어 들어가는 사람은—그 신비를 이해한 사람이다. 그 신비를 겪기 위해선 거울이 혼자 있을 때, 빈방에 걸려 있을 때 기습해야 하며, 거울 앞에 있는 아주 가느다란 바늘 하나조차도 거울을 단순한 바늘의 이미지로 바꿔 놓을 수 있다는 점을 잊지 말아야 한다. 사물의 몸체가 아닌 그 이미지만을 담은, 가장 가벼운 그림자의 특징을 지닌 거울은 무척 민감한 존재다.

나는 거울을 그릴 때면 내 이미지가 방해물이 되지 않게끔 세심함을 발휘해야 했다. 내가 자신을 바라보게 되면 그 거울은 이미 나이니까, 오직 빈 거울만이 살아 있는 거울이니까. 아주 세심한 사람만이 빈 거울이 있는 빈방에 들어갈 수 있으며, 그처럼 세심한 가벼움 덕분에, 그처럼 세심하게 부재시킨 자아 덕분에 그의 이미지는 거울에 아무런 흔적도 남기지 않는다. 그러고 나면 그 세심한 사람은 보상을 받는다. 그는 범접할 수 없는 비밀 가운데 하나를 관통하게 된다: 거울 그 자체를 보게 된다.

그는 거울 자체가 지닌 얼어붙은 광대한 공간들을 발견하게 되며, 그 탐색을 방해하는 건 이따금 보이는 얼음덩어리뿐이다. 거울은 차가움이며 얼음이다. 하지만 그 안에는 꼬리를 물고 이어지는 어둠이 있으며—그걸 목격하는 건 무척 드문 일이다—그 연속되는 어둠을 포착하고 기습하기 위해선 며칠 밤낮을 자신과 단절한 채 망을 봐야 한다. 나는 흰색과 검은색을 써서 그 떨리는 광휘를 캔버스에 담았었다. 그리고 그때와 같은 흰

색과 검은색을 쓰면서, 오한을 느끼며, 그 빛이 지닌 까다로운 진실 중 하나를 다시금 포착하고 있다: 아무 색깔도 없는 얼어붙은 침묵. 거울이 지닌 그 격렬한 없음, 색의 없음을 재창조하기 위해선 먼저 그것을 이해해야만 한다. 마치 물이 지닌 그 격렬한 없음을, 맛의 없음을 재창조할 때처럼.

아니, 나는 거울을 묘사하지 않았다 — 내가 거울이었다. 그리고 말들은 그들 자신이다. 그들은 아무런 어조도 갖고 있지 않다.

여기서 잠시 이야기를 중단하고 내 안에 존재하는 게 'X'라는 말을 해야겠다. 'X' — 나는 이 안에서 목욕한다. 'X'는 말할 수 없는 것이다. 내가 알지 못하는 모든 것은 'X'에 있다. 죽음? 죽음은 'X'다. 하지만 많은 삶 역시 그러하다. 삶도 말할 수 없는 것이니까. 'X'는 내 안에서 울리고 나는 그 음색을 두려워한다: 그것은 첼로의 현처럼 진동한다. 손가락으로 뜯으면 아무런 멜로디가 없는 순수한 전기를 배출하는 팽팽한 현. 말할 수 없는 순간. 또 다른 감각이라는 말은 'X'를 인지하게 되었다는 뜻이다.

나는 당신이 'X'를 살기를, 말하자면 창조적인 잠이 혈관을 타고 뻗어가는 경험을 해 보기를 바란다. 'X'는 선하지도 악하지도 않다. 늘 독자적이다. 하지만 그것은 오직 몸을 가진 것 안에서만 일어난다. 그것 자신은 물질이 아님에도, 그것은 우리의 몸과 사물의 몸체를 필요로 한다. 'X'의 이 완전한 신비를 소유한 물체들이 있다. 말없이 진동하는 것들. 순간들은 끊임없이 폭발하는 'X'의 파편들이다. 넘치도록 차오른 나는 아픔을 느끼기 시작한다. 젖을 내보내지 않으면 가슴이 터지듯이, 나는 넘치도록 차오를 때면 자신을 아낌없이 내주어야만 한다. 나는 그렇게 압력을 낮추고 자연스러운 크기로 돌아간다. 정확한 탄력. 유연한 표범이 가진 탄력. 우리에 갇힌 검은 표범. 언젠가 나는 표범을 똑바로 바라본 적이 있었고 표범도 나를 똑바로 쳐다보았다. 우리는 변했다. 그 두려움. 나는 그곳을 떠났다. 내면이 완전히 어두워진 채로, 즉 불안한 'X'의 상태로. 그 모든 일은 생각 너머에서 일어났다. 나는 검은 표범과 시선을 교환하면서 느꼈던 공포를 그리워한다. 나는 공포를 주는 법을 안다.

'X'는 그것의 숨결일까? 그것의 차가운 날숨일까? 'X'는 하나의 말일까? 오직 하나의 사물에만 해당하는 말,

나는 결코 닿을 수 없는 말. 우리 각자는 여러 상징을 다루는 하나의 상징이다—그리고 이들 모두는 실재를 지칭하는 하나의 가리킴일 뿐이다. 우리는 필사적으로 우리 자신의 정체성과 그 실재의 정체성을 찾으려 한다. 만약 우리가 같은 상징들을 갖고 있거나 혹은 어떤 사물 자체를 두고 같은 경험을 했다면, 우리는 상징을 통해 우리 서로를 이해할 수 있을 것이다: 하지만 현실은 동의어들을 갖고 있지 않다.

나는 추상과 경이 속에서 당신에게 말하고 있다: 나는 아리아 칸타빌레[15]인가? 아니, 내가 당신에게 쓰고 있는 것은 노래할 수 없다. 그럼 쉽게 풀 수 있는 주제를 다뤄 보면 어떨까? 아니: 나는 살금살금 벽을 탄다, 나는 발견한 멜로디를 후무린다, 나는 그늘진 곳을, 너무도 많은 것들이 앞으로 나아가고 있는 그곳을 걷는다. 가끔은 햇빛이 닿지 않는 곳에서 벽을 타고 방울져 떨어진다. 무르익어 가고 있는 내 주제는 이미 하나의 아리아 칸타빌레가 될 예정이다—그러니 다른 누군가가

---

15) aria cantabile. 말 그대로 칸타빌레풍의 서정적인 아리아를 뜻하지만, 기악곡에서도 그런 느낌으로 연주하라는 지시로 사용된다.

다른 노래를 만들게 하라—내 사중주의 무르익음에 관한 노래를. 그 노래는 아직 무르익기 전이다. 그 멜로디는 곧 사실일 것이다. 하지만 어떤 사실이 우리가 아무것도 모르고 자는 동안 샛길 위에서 온전히 펼쳐지는 밤을 지니고 있는가? 사실은 어디에 있는가? 내 이야기는 고요한 어둠, 자신의 힘 속에서 잠든 뿌리, 향기 없는 냄새에 관한 것이다. 이것들 속 어디에도 추상은 존재하지 않는다. 그것은 이름 붙일 수 없는 것에 관한 비유다. 나의 이 사중주에는 거의 살이 없다. '신경'이라는 말이 고통스러운 진동과 연결돼 있다는 건 유감스러운 일이다. 그렇지 않았다면 신경의 사중주가 되었을 텐데. 어두운 현들은 뜯겨 울릴 때 '다른 것들'에 대해 말하지 않는다. 그 현들은 화제를 바꾸지 않는다—그것들은 스스로, 저절로 그것들이며, 거짓이나 환상 없이 있는 그대로의 자신을 내맡긴다.

나는 안다. 당신은 나를 다 읽은 뒤에도 내 노래를 따라 부르기 어려울 것이다. 내 노래는 외우지 않고는 부를 수 없다. 그런데 그 노래에는 이야기가 없고, 그렇다면 어떻게 외울 수 있겠는가?

그러나 당신은 그림자 속에서 일어났던 일을 상기하게

될 것이다. 당신은 가장 처음 침묵한 이 존재를 공유하게 될 것이다. 고요한 밤의 고요한 꿈처럼, 나무의 진과 함께 나무줄기를 타고 흘러내릴 것이다. 그런 다음에 이렇게 말할 것이다: 나는 아무 꿈도 안 꿨어. 그것으로 충분할까? 그럴 것이다. 특히 그 태초의 존재 안에는 오류의 결여가 있으며, 또한 거짓말을 할 수 있었음에도 하지 않은 사람이 지닌 감정의 결이 있다. 그것으로 충분한가? 그렇다.

하지만 나는 하나의 주제를 그리고 싶고, 또 하나의 물체를 만들어 내고 싶기도 하다. 그리고 그 물체는—옷장이다. 이것보다 더 구체적인 게 있을까? 나는 옷장을 그리기 전에 먼저 그것을 연구해야 한다. 나는 무엇을 보는가? 문이 있기에 그 안쪽으로 침투할 수 있는 옷장을 본다. 하지만 옷장 문을 연 나는 그 침투가 미뤄졌음을 알게 된다: 왜냐하면 그 내부도 닫혀 있던 문처럼 표면이 목재로 되어 있기 때문이다. 옷장의 기능: 복장 도착과 변장 취향을 숨겨 준다. 본성: 침범을 허용하지 않는 사물들의 그것. 인간과의 관계: 우리는 옷장 문 안쪽에 달린 거울 속의 자신을 보는데, 옷장은 좋은 자리에 위치하는 법이 없으므로 불편한 빛 속에 있는 자신을 보게 된다: 거추장스러운 옷장, 그것은 어디든 자리가 나는 곳에 서 있고, 늘 거대하며, 등은 굽었고, 늘 어색해하며, 더 조심스러운 존재가 될 수 있는 방법을 알지 못한다. 너무 큰 존재감을 갖고 있기 때문이다. 옷장은 거대하고, 거슬리며, 슬프고, 친절하다.

하지만 갑자기 문이자 거울인 것이 열린다—그리고 갑자기, 그 문이 만든 움직임 속에서, 그리고 그림자에 잠긴 방의 새로워진 구도 속에서, 그 구도 속으로, 덧없이 반짝이는 유리병들이 차례로 들어선다.

그러고 나면 나는 옷장의 본질을 그릴 수 있다. 그 본질은 결코 칸타빌레가 아니다. 하지만 나는 서로 연결되지 않는 것들에 관해 말할 자유를 갖고 싶다. 그게 당신에게 닿을 수 있는 심오한 방법이다. 오직 실수만이 나를 매료시킨다. 그리고 나는 죄를, 죄의 꽃을 사랑한다.

하지만 내가 당신의 결함들을 사랑하는 데 반해 당신이 나의 결함들에 감동하지 않는다면, 그럼 나는 무얼 할 수 있을까. 나의 솔직함은 당신의 발에 짓밟혔다. 당신은 나를 사랑하지 않았고, 오직 나만이 그걸 안다. 나는 혼자였다. 당신의 혼자. 나는 대상 없이 글을 쓰고 존재하지 않는 즉흥시가 만들어진다. 나는 나에게서 자신을 떼어 냈다.

나는 분리되기를 원하고, 그래야만 세상 안에 존재한다. 그래야만 괜찮아진다.

괜찮다. 나는 고독 속에서 폭발할 준비가 되어 있다. 죽어감은 아무런 소리도 없는, 내부를 향한 폭발이리라. 몸이 더 이상 몸인 걸 견딜 수 없는 상태. 만일 죽어감이 몹시 배고플 때 먹는 음식의 맛을 갖고 있다면? 만일 죽음이 기쁨이라면? 이기적인 기쁨이라면?

어제 나는 커피를 마시다가 가정부가 세탁실에서 빨래를 널며 부르는 가사 없는 노래를 들었다. 몹시 구슬픈 비가였다. 내가 누구의 노래냐고 묻자 그녀는 이렇게 대답했다: 누구 노래가 아니라 제가 아무렇게나 지어낸 거예요.

그렇다, 내가 당신에게 쓰고 있는 건 누구의 것도 아니다. 그리고 이 누구의 것도 아닌 자유는 매우 위험하다. 마치 공기의 색깔을 지닌 무한처럼.

내가 쓰고 있는 이 모든 건 너무 뜨겁다. 마치 손을 데지 않으려면 이 손에서 저 손으로 황급히 옮겨야 하는 달걀처럼—나는 달걀을 그린 적이 있다. 그리고 지금은 그 그림처럼 중얼거린다: 달걀, 그걸로 충분해.

아니, 나는 현대적이었던 적이 없었다. 그리고 이런 상황들이 생긴다: 내가 그림이 이상하다고 생각할 때는 그것이 그림일 때이다. 그리고 내가 하나의 말이 이상하다고 생각할 때는 그것이 의미를 이룰 때이다. 그리고 내가 삶이 이상하다고 생각할 때는 삶이 시작될 때이다. 나는 자신을 뛰어넘지 않기 위해 조심한다. 이 모든 일은 강력한 통제로 이루어져 있다. 그러다가 나는 그저 쉬기 위해 슬퍼진다. 심지어 슬퍼서 조용히 울기까지 한다. 그러다 일어나서 다시 시작한다. 나는 지금 당신에게 이야기를 들려주지 않을 텐데, 그런 일은 매춘에 해당할 것이기 때문이다. 내가 이 글을 쓰는 건 당신을 즐겁게 해 주기 위해서가 아니다. 주로 나 자신을 위해서다. 나는 순수한 선線을 따라가야 하며 나의 그것을 오염시키지 말아야 한다.

이제 나는 떠오르는 모든 것을, 가능한 한 최소한의 통제 속에서 당신에게 쓸 것이다. 왜냐하면 나는 미지에 매료된 기분을 느끼기 때문이다. 하지만 나는 자신을 잃어버리지 않는 한 혼자가 되진 않을 것이다. 그것이 시작되려 한다: 나는 죽어가는 모든 문구 속에서 현재를 붙잡을 것이다. 지금:

아, 이럴 줄 알았더라면 나는 태어나지 않았을 것이다. 아, 알았더라면 나는 태어나지 않았을 것이다. 광기는 가장 잔혹한 형태의 양식良識에 가깝다. 이건 뇌의 폭풍이며 하나의 문장은 그다음 문장과 거의 관련이 없다. 나는 광기 아닌 광기를 삼킨다—그건 다른 그 무엇이다. 당신은 나를 이해하는가? 하지만 너무도 너무도 지친 나는 여기서 멈출 수밖에 없다. 이 피로에서 나를 해방해 줄 수 있는 건 죽음뿐이니까. 나는 떠난다. 돌아왔다. 다시금 나는 순간적으로 떠오르는 모든 것을 마주한다—이것이 나 자신을 창조하게 될 방식이다. 이런 식으로:

당신이 내게 준 반지는 유리였고 그 반지는 깨졌으며 사랑은 끝났다. 하지만 서로를 사랑하고 물어뜯었던 사람들의 아름다운 증오가 가끔 그 자리를 찾아온다. 내 앞에 있는 의자는 나에게 하나의 물체이다. 내가 바라보고 있는 동안에는 쓸모가 없는. 제발 나에게 몇 시인지 말해 달라. 내가 그 시간을 살아가고 있다는 걸 알 수 있도록 말이다. 나는 자신을 발견하고 있다: 그건 치명적인 일인데, 왜냐하면 오직 죽음만이 나를 결론짓기 때문이다. 하지만 끝까지 견뎌 보겠다. 당신에게 한 가지 비밀을 말해 주겠다: 삶은 치명적인 것이다. 지금 다른 모든 걸 멈추고 당신에게 이걸 말해야겠다: 죽음은 불가능이고 만질 수 없는 것이다. 죽음은 그저 미래이기에 어떤 사람들은 그걸 견디지 못해 자살한다. 그건 마치 삶이 이렇게 말한 것과 같다: 그다음이란 없다. 오직 기다리는 콜론이 있을 뿐이다. 우리는 모든 순간이 치명적이라는 사실을 숨기기 위해 이 비밀을 말하지 않는다. 의자라는 물체가 내 관심을 끈다. 나는 물체들이 나를 사랑하지 않게 될 만큼 그것들을 사랑한다. 설령 당신이 내가 지금 쓰고 있는 걸 이해하지 못한다고 해도 그건 내 잘못이 아니다. 말하기는 곧 구원이 되기에 나는 말을 해야만 한다. 하지만 나는 할 말이 없다. 솔직함이 지닌 광기 속에서 한 인간이 자기 자신에게 무슨 말을 하겠는가? 하지만 말하기는 구원이다. 물론 솔직함이 지닌 공포와 마주해야 하겠지만 말이다. 그 공포는 나를 세상과, 그리고 세상의 창조적인 무의식과 연결해 주는 어둠으로부터 온 것이다. 오늘 밤엔 하늘에 별이 많다. 비는 그쳤다. 나는 눈이 멀었다. 눈을 크게 떠야 보인다. 하지만 비밀은—내가 보지도 느끼지도 못한다는 것이다. 나는 여기서 생각 너머에 있는 진정한 광란의 축제를 열고 있는 걸까? 말들의 미친 축제? 전축은 고장 났다. 나는 의자를 바라보는데, 이번에는 이 의자가 이미 수없이 보고 또 보았던 의자처럼 느껴진다. 미래는 나의 것이다—내가 살아 있는 한은 말이다. 나는 화병의 꽃들을 본다. 그 꽃들은 야생화이고 심지 않았는데 태어났다. 노란색이다. 하지만 우리 집 요리사는 이렇게 말했다: 정말 흉한 꽃이네요. 그렇게 말한 건 프란치스코적인[16] 것들을 사랑하기는 어렵기 때문이다. 내 생각 너머에 세상의 진실이 있다. 자연의 부조리함. 침묵이라고 하는 것. '신'은 너무도 거대한 침묵이라 나를 두려움에 떨게 한다. 의자는 누가 발명했을까? 나에게 오는 것에 관해 쓰기 위해선 용기가 필요하다: 무엇이 나타나 겁을 줄지 모르는 법이니까. 신성한 괴물은 죽었다. 그 대신 어머니를 잃은 여자아이가 태어났다. 나는 멈춰야만 한다는 걸 잘 알고 있다. 할 수 있는 말이 모자라서가 아니다. 저것들, 특히

---

16) 여기서 프란치스코는 아시시의 성 프란치스코를 뜻한다. 동물들과 대화할 수 있었던 그는 온 자연이 신의 거울이라고 믿었고, 주목받지 못하는 생물들과 무생물을 포함한 모든 피조물을 형제/자매라 부르며 공평히 공경했다.

내가 생각만 한 채 쓰지는 않았던 것들 때문이다—말할 수 없는 것들. 나는 체험이라고 불리는 것에 대해 말하려 한다. 도움을 청하고 도움을 얻은 체험. 어쩌면 태어난다는 건 가치 있는 일인지도 모른다. 언젠가 소리 없이 간청하고 소리 없이 받아들이기 위해서 태어나는 것. 나는 도움을 청했고 거부당하지 않았다. 그러자 마치 호랑이가 된 듯한 기분이 들었다. 몸에 치명적인 화살이 박힌 채, 두려움에 떠는 사람들 주위를 천천히 맴돌며, 자신에게 용감히 다가와 고통을 없애 줄 사람을 찾는 호랑이. 때마침 그곳에는 다친 호랑이가 어린아이만큼이나 위험하지 않다는 사실을 아는 사람이 있다. 그는 야수에게 다가가고, 두려움 없이 건드리고, 박힌 화살을 뽑아 준다.

그리고 호랑이는? 고맙다는 말을 할 수 없다. 그래서 나는 그 사람 앞에서 어슬렁거리며 주저한다. 나는 앞발 하나를 핥은 다음, 이제 말은 중요한 게 아니기에 조용히 떠난다.

이 순간 나는 무엇인가? 어둡고 습한 새벽에 건조하게 메아리치는 타자기다. 나는 오랫동안 사람이 아니었다. 그들은 내가 물체이기를 원했다. 나는 하나의 물체다. 피로 더럽혀진 물체. 다른 물체들을 창조하는 물체. 타자기는 우리 모두를 창조한다. 그것은 요구한다. 그 메커니즘은 내 삶을 요구하고 또 요구한다. 하지만 나는 완전히 복종하지 않는다: 내가 물체가 되어야만 한다면 소리치는 물체가 되게 하라. 내 안에는 아픈 것이 있다. 아, 그것은 얼마나 아픈지, 도와달라고 얼마나 소리치는지. 하지만 나라는 타자기에서는 눈물을 찾아볼 수 없다. 나는 운명 없는 물체다. 나라는 물체는 누구의 손안에 있는가? 그것이 인간으로서의 내 운명이리라. 나를 구해 주는 건 소리침이다. 나는 생각-느낌 너머의 너머에 있는 물체 안에 있는 것의 이름으로 저항한다. 나는 절박한 물체다.

지금—침묵과 약간의 경이.

왜냐하면 7월 25일 오늘 아침 다섯 시, 나는 은총의 상태에 빠져들었기 때문이다.

그건 갑작스러운 느낌이었지만 너무도 온화했다. 공중에서 광휘가 미소 짓고 있었다: 정확히 그것이었다. 그건 세상의 한숨이었다. 당신이 맹인에게 새벽을 묘사할 수 없는 것처럼, 나도 그걸 어떻게 설명해야 할지 모르겠다. 나에게 느낌의 형태로 일어난 그 일은 말로 나타낼 수 없다: 나는 당신의 공감을 촉구한다. 나와 함께 느껴라. 그건 최상의 행복이었으니.

만일 당신이 은총의 상태에 대해 알고 있다면 내가 하는 말을 이해할 것이다. 나는 지금 영감에 관해, 예술을 다루는 사람들에게 곧잘 찾아오는 그 특별한 은총에 관해 말하고 있는 게 아니다.

내가 말하고 있는 은총의 상태는 어디에도 쓰이지 않는다. 그 상태는 마치 우리로 하여금 그저 우리 자신이 정말로 존재하고 세상이 존재한다는 걸 알 수 있게 해 주려고 찾아오는 듯하다. 이 상태, 사람들과 사물들이 발산하는 평온한 행복감 너머에 있는 상태, 거기에는 맑음이 있고, 나는 그 맑음을 무중력이라고 부르는데, 왜냐하면 은총 안에서는 모든 게 너무도 가볍기 때문이다. 그 맑음은 더 이상 추측을 필요로 하지 않는 사람이 지닌 맑음이다: 그는 아무런 노력 없이도 그저 안다. 바로 그거다: 안다. 무엇을 아는지 묻지 마라. 내가 할 수 있는 대답은 똑같으니까: 그는 안다.

그리고 다른 무엇과도 비교할 수 없는 육체적 행복이

있다. 몸이 하나의 선물로 바뀌는 것이다. 그리고 당신은 그게 선물임을 느낀다. 왜냐하면 당신은 그 순간 그 자리에서 체험하기 때문이다. 갑작스럽고 의심할 수 없는 현재를, 기적적이면서 물질적으로 존재하고 있는 지금을.

만물이 일종의 후광을 얻으며, 이 후광은 상상의 산물이 아니다: 그 후광을 내뿜는 발광체는 사물들이 지닌 수학적인 광휘와 사람들의 기억이다. 당신은 존재하는 모든 것이 가장 순수한 에너지의 광휘를 들이마시고 내쉰다고 느끼기 시작한다. 그러나 세상의 진실은 손에 잡히지 않는 것이다.

이 은총은 내가 간신히 상상할 수 있는 것, 즉 성인들이 다다른 은총의 상태와는 전혀 가깝지 않다. 나는 그 상태를 알지 못하며 짐작도 할 수 없다. 이 은총은 그와 다른 것, 그저 평범한 자가 얻는 은총이다. 이 은총은 불현듯 실재하게 되는데, 왜냐하면 그는 평범하며, 인간이며, 알아볼 수 있는 존재이기 때문이다.

이 상태 속에서 발견하는 것들은 말로 표현될 수도 없고 남에게 전달될 수도 없다. 그리고 생각할 수도 없다.

그래서 나는 은총의 상태가 오면 조용히 침묵하며 앉아 있는다. 그건 수태고지와도 같다. 물론 천사의 인도를 받지는 않는다. 하지만 생명의 천사가 나에게 세상을 알리기 위해 찾아온 듯하다.

그러고 나서 나는 천천히 깨어난다. 황홀경에 빠졌을 때와는 달리—황홀경이 없었던 건 아니지만—있는 그대로의 모든 걸 가졌던 사람만이 지을 수 있는 한숨과 함께 천천히 깨어난다. 그 한숨은 이미 갈망하는 한숨이기도 하다. 육체와 영혼을 얻는 체험을 한 이후에는 점점 더 많은 걸 원하게 되니까. 원해도 소용없다: 그것은 스스로 원할 때만 찾아오니까.

나는 말을 객관적으로 규정해 주는 매개물을 통해 그 행복을 영원하게 만들고 싶었다. 그래서 곧바로 사전에서 지복이라는 단어를 찾아보았고, 내가 싫어하는 그 단어가 영혼의 향락을 의미한다는 걸 알게 되었다. 그 단어는 평온한 행복에 관해 이야기한다—하지만 나는 그것을 황홀경이나 떠오름이라고 부르겠다. 나는 사전 속에 있는 이 설명도 마음에 들지 않는다: "신비적 명상에 몰입한 상태." 그건 사실이 아니다: 나는 어떤 식의 명상도 하고 있지 않았으며, 아무런 종교적 독

실함도 갖고 있지 않았다. 나는 아침을 먹은 후, 재떨이 위에서 타들어 가는 담배와 함께, 그저 앉아서 살고 있었을 뿐이다.

나는 시작된 그것이 나를 사로잡을 때 그걸 알았다. 그것이 희미해져 가다가 끝날 때도 그걸 알았다. 거짓말이 아니다. 나는 약을 한 게 아니었으며 환각을 느끼지도 않았다. 나는 내가 누구고 다른 사람들이 누구인지 알았다.

하지만 지금 나는 말들을 써서 내게 일어났던 일을 포착할 수 있는지 알고 싶다. 말들을 쓰게 되면 내가 느꼈던 걸 얼마간 부수어 버릴 것이다—하지만 그건 어쩔 수 없다. 나는 이다음 이어질 내용을 '지복의 끄트머리'라고 부르려 한다. 그것은 이렇게, 천천히 기분 좋게 시작된다:

당신이 무언가를 볼 때, 본다는 행위 자체는 형태를 갖고 있지 않다—당신이 보는 대상은 형태가 있을 때도, 없을 때도 있다. 보는 행위는 말로 표현될 수 없다. 또한 당신이 보는 대상 역시 어떤 때는 말로 표현될 수 없다. 그리고 특정한 종류의 생각-느낌도 마찬가지다. 나는 그런 생각-느낌들을 '자유'라고 부르는데, 그건 그냥 뭐라도 이름을 붙여야 하기 때문이다. 진짜 자유—지각하는 행위—는 형태를 갖고 있지 않다. 진정한 생각이란 스스로 이루어지는 생각이므로, 이런 종류의 생각은 생각하는 행위 자체만으로 목표에 다다른다. 하지만 그렇다고 해서 이런 생각이 막연하거나 쓸모없다는 뜻은 아니다. 일차적인 사고—생각하는 행위—는 처음부터 형태를 가지고 있어서, 그런 사고는 사고 자신에게, 아니, 정확히 말하자면 그 사고를 하고 있는 사람에게 보다 쉽게 전파된다. 그렇기 때문에 형태를 가진 생각이 다다를 수 있는 영역에는 한계가 있다. 그에 반해 '자유'라고 불리는 생각은 생각하는 행위 가운데 자유로운 것이다. 너무도 자유로워서 그 생각을 하고 있는 사람조차 생각의 작자作者가 없는 것처럼 느낄 정도다.

진정한 생각은 작자를 갖고 있지 않은 듯하다.

그리고 지복도 그와 똑같은 특성을 지녔다. 지복은 생각이라는 행위가 형태의 필요성으로부터 스스로를 해방시키는 순간 시작된다. 지복은 '생각하기-느끼기'가 생각을 필요로 하는 마음을 뛰어넘을 때, 더 이상 생각할 필요가 없어진 그가 '무'의 장엄함에 가까워진 자신을 발견할 때 시작된다. 나는 '무'가 아니라 '모든 것'이라고 말할 수도 있었다. 하지만 '모든 것'은 양量이고, 양은 처음부터 한계를 지닌다. 진정한 한량없음은 '무'이다. 아무런 경계도 없이 사람들이 자신의 생각-느낌을 흩뿌릴 수 있는.

이 지복 자체는 종교적이지도 세속적이지도 않다. 그리고 신이 존재하느냐 존재하지 않느냐라는 문제에 대해서도 아무런 입장을 가질 필요가 없다. 내 말은, 어떤 사람이 머리로 하는 생각과 이 '생각-느낌'은 서로 극도의 불통에 이를 수도 있다는 것이다—아무런 궤변이나 역설 없이 말하건대, 그 불통 지점은 그에게 있어 가장 훌륭한 소통을 제공하는 지점이기도 하다. 그는 자기 자신과 소통한 것이다.

우리를 이 비어 있으면서도 충만한 생각 가까이로 데려가는 건 바로 잠이다. 나는 꿈에 대해 이야기하는 게 아니다. 이 경우, 꿈은 일차적인 사고에 해당할 것이다. 나는 잠에 대해 이야기하고 있다. 잠은 당신 자신을 추상화한 다음 '무' 속으로 흩뿌린다.

나는 당신에게 말하고 싶다. 은총의 상태가 주는 자유 다음에는 상상의 자유가 올 수 있다. 정확히 이 순간 나는 자유롭다.

그리고 자유 너머에서, 그 공허 너머에서, 나는 반복되는 음악적 파동 가운데 가장 고요한 것을 만들어 낸다. 그 광기, 자유로운 창작의 광기. 나와 함께 그걸 보고 싶은가? 이 음악이 발생하는 풍경을? 공기, 초록 줄기들, 넓게 펼쳐진 바다, 일요일 아침의 정적. 이마 한가운데에 크고 투명한 외눈이 달리고 다리가 하나뿐인 마른 남자. 네 발로 살금살금 기어 다니며 다른 공간에서 들려오는 음성 같은 목소리로 말하는 여성형 개체. 그 개체의 목소리는 본래의 목소리가 아니라 들어본 적 없는 본래 목소리의 메아리처럼 들린다. 어딘가 어색하고 한껏 도취한 그 목소리는 전생의 습관이 지닌 힘을 빌려 말한다: 차 마실래요? 그러고는 대답을 기다리지 않는다. 그녀는 가느다란 금빛 밀 이삭을 움켜쥐더니 이 없는 잇몸에 물고서 눈을 뜬 채로 터벅터벅 기어간다. 마치 코처럼, 그녀의 두 눈은 움직일 수 없다. 물체를 보기 위해선 뼈 없는 머리 전체를 돌려야 한다. 하지만 어떤 물체를? 한편 마른 남자는 선 채로 잠이 들었고, 그의 눈 역시 감기지 않은 채로 잠들었다. 눈을 재운다는 건 보려 하지 않는다는 말이다. 보지 않을 때, 그것은 잔다. 그 조용한 눈에 무지개 뜬 평원이 비친다. 공기는 경이롭다. 다시금 음악적인 파동이 시작된다. 누군가 그들의 발톱을 본다. 멀리서 하나의 소리가 지나간다: 이봐요, 이봐요! ……하지만 오직-다리가-하나-뿐인-남자는 그들이 자신을 부른다는 걸 상상조차 할 수 없었다. 어떤 소리가 옆에서 들려오기 시작한다. 마치 늘 곁에서 소리를 내 온 듯한 플루트 같은—옆에서 시작된 그 소리는 아무런 떨림 없이 음악적인 파동을 가로지르고, 너무도 오래 반복되며, 결국 그 끊임없는 물방울 같은 두드림으로 바위를 뚫는다. 아주 높은 음역에 머물며 아무런 경계도 갖지 않는 소리. 그 비가는 행복하고 침착하며, 귀를 찌르지 않는 달콤한 예리함을 가진 플루트처럼 날카롭다. 그것은 하나의 진동이 낼 수 있는 가장 행복한 소리, 지고의 음이다. 지상의 모든 인간은 그 소리를 들으면 미쳐서 영원한 미소를 짓게 된다. 하지만 외발로 서 있는 남자는—똑바로 서서 잔다. 그리고 해변에 늘어져 있는 여자-같은-존재는 아무것도 생각하지 않는 중이다. 새 등장인물이 불모의 평원을 가로질러 절룩거리며 사라진다. 당신은 듣는다: 이봐요, 이봐요! 그리고 불린 사람은 없다.

이제 내 자유가 창조한 장면은 끝난다.

슬프다. 불안이 찾아온다. 왜냐하면 황홀경은 낮의 삶과는 어울리지 않기 때문이다. 황홀경 속에서 울려 퍼지는 수정의 진동을 누그러뜨리려면 잠이 황홀을 뒤따라야 한다. 황홀은 잊혀야 한다.

낮들. 내가 살고 있는 낮의 강철 같은 빛 때문에 슬퍼졌다. 나는 물체들의 세계에 밴 강철 냄새를 들이마신다.

하지만 이제 나는 위안이 되고 조금은 자유롭기도 한 것들에 대해 말하고 싶다. 이를테면: 목요일은 햇살에 비친 곤충의 날개처럼 투명한 날이다. 월요일은 탄탄한 날이다. 궁극적으로는, 나는 생각 저 너머에 있는 곳에서 이런 관념들을 통해 살아간다. 단, 그 관념들이 '그것들'을 그대로 담고 있어야 한다. 그것들이란 감각들을 말한다. 관념으로 변환되는 감각들. 그런 변환이 일어나는 건 내가 말을 이용해야 하기 때문이다. 심지어 머릿속으로만 떠올린다 하더라도 말이다. 일차적인 사고는 말로 이루어진다. '자유'는 말의 속박으로부터 스스로를 자유케 한다.

그리고 신은 괴물 같은 창조물이다. 나는 신을 두려워하는데, 왜냐하면 그는 나만 한 크기의 존재라기엔 너무 완전하기 때문이다. 또한 나는 신에게 일종의 부끄러움을 느낀다: 나에겐 신조차 모르는 것들이 있다. 두려움? 나는 나비가 마치 초자연적인 존재라도 되는 듯 나비를 무서워하는 그녀를 안다. 실제로 나비의 신성한 부분은 무섭다. 그리고 나는 꽃 앞에서 공포에 떠는 그를 안다—그는 이렇게 생각한다. 꽃들이 지닌 섬세함은 뇌리에서 지울 수 없는 거라고. 마치 아무도 없는 어둠 속에서 들려오는 한숨 소리처럼.

나는 어둠 속에서 휘파람 소리에 귀 기울이는 사람이다. 나는 인간의 조건에 신물이 난 자다. 나는 거역한다: 더 이상 인간이고 싶지 않다. 누구일까? 내가 몹시도 부러워하는 동물들—자신의 조건을 의식하지 못하는 동물들이 존재하는 이곳에서 삶과 죽음이 무엇인지 알아 버린 우리에게 자비를 베풀어 줄 자는 누구일까? 누가 우리를 불쌍히 여겨 줄까? 우리는 포기되었는가? 절망에 무릎 꿇었는가? 아니, 분명 위안이 있을 것이다. 나는 단언한다: 기필코 있을 것이다. 내가 갖지 못한 건 우리가 아는 그 진실을 말할 용기다. 그 말은 금지돼 있다.

하지만 나는 고발한다. 우리의 약함을, 죽음의 미칠 듯한 공포를 고발한다—그러고 나서 그 모든 불명예에 대응한다—지금 쓰게 될 바로 이것으로 대응한다—이 모든 불명예에 기쁘게 대응한다. 기쁨. 가장 순수하고 가벼운 기쁨. 나의 유일한 구원은 기쁨이다. 본질적인 그것 안에 있는 무조無調의 기쁨. 말이 안 되는 소리라고? 그래야만 한다. 왜냐하면 이런 걸 알게 된다는 건 너무 참혹한 일이기 때문이다: 삶은 단 한 번이라는 것, 그리고 우리의 믿음 바깥에 있는 어둠에 관해서는 아무런 확신도 가질 수 없다는 것—그건 너무 참혹한 일이라서 나는 길들일 수 없는 행복의 순수함으로 대응한다. 나는 슬픔을 거부한다. 우리 기뻐하자. 기쁨을 두려워하지 않고 단 한 번만이라도 그 미친 듯한 깊은 기쁨을 체험한 자는 우리의 진실 가운데 가장 좋은 부분을 갖게 될 것이다. 나는—그 모든 것에도 불구하고, 아, 그 모든 것에도 불구하고—내가 말로 붙잡지 않으면 그냥 지나가 버릴 이 지금-순간에 기뻐한다. 나는 패배하기를 거부하기에 바로 이 순간에 기뻐한다: 그래서 나는 사랑한다. 하나의 대답으로써. 보편적인 사랑, 그것 사랑, 이는 곧 기쁨이다: 그 사랑이 이루어지지 않더라도, 심지어 그 사랑이 끝나버릴지라도. 또한 나 자신의 죽음과 우리가 사랑하는 이들의 죽음은 기쁨이어야 한다. 그럴 수 있는 방법은 아직 모르겠지만, 반드시 그래야만 한다. 바로 그게 삶이다: 그것의 기쁨. 그리고 패배자가 아니라 알레그로 콘 브리오[17]의 주인공이 되었다는 뿌듯함.

사실 나는 죽고 싶지 않다. 나는 '신'에게 대항한다. 우리 죽지 않으면 어떨까, 감히 그래 보면 어떨까?

신이여, 듣고 있는가? 나는 죽지 않을 것이다. 듣고 있는가? 나는 용기가 없다. 듣고 있는가? 나를 죽이지 말라. 언제 어디서 죽게 될지도 모르면서 죽기 위해 태어난다는 건 수치스러운 일이지 않은가. 듣고 있는가? 나는 아주 행복한 상태로 계속 머물 것이다. 하나의 응답으로서, 하나의 모욕으로서. 내가 장담하는 한 가지: 우리는 죄가 없다. 신이여, 듣고 있는가? 나는 살아 있는 동안 이해해야만 한다. 그 후에는 너무 늦을 테니까.

아, 이 번쩍이는 순간들은 끝이 없다. 그것을 향한 내 찬송도 끝이 없을까? 나는 찬송을 신중하게, 내 손으로

---

17) allegro con brio. '빠르고 활기차게'라는 뜻의 음악 용어

끝낼 것이다. 하지만 그 노래는 부단한 즉흥곡으로 계속될 것이며, 언제나 언제나 미래인 현재를 창조할 것이다.

이 즉흥곡은 있다.

그게 어떻게 계속되는지 알고 싶은가? 어젯밤—당신에게 설명하기가 어렵다—어젯밤 나는 꿈을 꾸는 꿈을 꾸었다. 죽음 이후가 그럴까? 꿈의 꿈의 꿈의 꿈?

나는 이단자다. 아니, 그건 사실이 아니다. 아니면 사실인가? 하지만 무언가가 존재한다.

아, 삶은 너무도 불편하다. 모든 게 죄어 온다: 몸은 요구하고, 정신은 멈추지 않는다. 삶이란 피곤한데 잠을 잘 수 없는 상태와 같다—삶은 성가시다. 당신은 몸과 정신 그 어느 것도 벗어 둔 채 걸어 다닐 수 없다.

내가 당신에게 삶이 죄어 온다고 말하지 않았던가? 흠, 나는 잠을 자면서 당신에게 장엄한 라르고[18]를 쓰는 꿈을 꾸었고, 그건 지금 내가 당신에게 쓰고 있는 것보다도 더 진실했다: 거기엔 두려움이 없었다. 나는 꿈속에서 쓴 걸 잊었다, 모든 게 무로 돌아갔다, 그 모든 게 존재하는 것들이 지닌 권능을 향해, 종종 신이라고 불리는 그것을 향해 돌아갔다.

모든 건 끝나지만 내가 당신에게 쓰고 있는 것은 계속된다. 그것은 좋다, 아주 좋다. 가장 좋은 건 아직 쓰이지 않은 것이다. 행간에 있는 것.

오늘은 토요일이며, 오늘은 더욱 순수한 공기로, 오직 공기만으로 이루어졌다. 내가 당신에게 이렇게 말하는 건 깊고 깊은 작업이며, 그림을 그리는 일 역시 깊고 깊은 작업이다. 나는 지금 무엇을 쓰고 싶은가? 평온하고 아무런 스타일도 없는 걸 쓰고 싶다. 마치 드높은 기념탑에 관한 기억 같은 것을. 그 기념탑은 기억으로 이루어져 있어서 실물보다 더 높아 보이지만, 나는 그 어느 과정 중에 그 탑을 실제로 만졌기를 바란다. 이제 그만 해야겠다. 오늘은 토요일이니까.

---

18) largo. '아주 느리게'라는 뜻의 음악 용어로, 그렇게 느린 곡을 지칭할 때도 쓴다.

아직 토요일이다.

아직 지나지 않은 것—지금이다. 지금은 지금의 영역이다. 그리고 즉흥곡이 계속되는 한 나는 태어난다.

그리고 '나는 누구'의 저녁이 지나고, 지금 갑자기, 새벽 한 시에 깨어나, 여전히 절망에 빠진 채로—지금 갑자기, 새벽 세 시에 잠에서 깬 나는 나 자신을 만났다. 나는 자신을 만나러 갔다. 평온, 기쁨, 그리고 아무런 폭발 없이도 얻게 되는 충만함. 간단해, 나는 나다. 그리고 당신은 당신이다. 그것은 드넓고, 그리고 지속될 것이다.

내가 당신에게 쓰고 있는 건 '이것'이다. 그건 멈추지 않을 것이다: 계속될 것이다.

나를 보고 나를 사랑하라. 아니: 당신은 당신 자신을 보고 당신 자신을 사랑한다. 그렇지.

내가 당신에게 쓰는 이것은 계속되며 나는 홀려 있다.